LILIENFELDIANA

BAND 5

VIKTOR HOFMANN

Lüge

Die Erzählungen

Aus dem Russischen
und mit einem Nachwort
von ALEXANDER NITZBERG

LILIENFELD VERLAG

LÜGE

Wir verließen das Theater.

– Was ist das, Schnee? ... – Valentina Lwowna kniff die Augen zusammen und hob das Gesicht. Es fiel ein feiner, flauschiger, silbern schimmernder Schnee. Die Nacht schien naß-blau.

Aus mehreren miteinander verwobenen Theaterausgängen quoll schwerfällig eine schwarze, eingelullte, zähfließende Menge hervor. Der nahegelegene Bürgersteig ist schon ganz von ihr überflutet. Wie viele gehen zu zweit: der Mann mit der Gemahlin, Liebespaare. Und auch wir, eingehakt. Auch uns führt das heimlich zusammen.

– Halten Sie's bitte kurz fest ... – Valentina Lwowna reicht mir Portemonnaie und Tuch. Nun hat sie die Hände frei, bleibt am Portal des Theaters stehen, zieht sich Handschuhe an, knöpft sie mit Sorgfalt zu.

Ich hake mich wieder bei ihr ein.

– Dieser Hut steht Ihnen sehr. Jetzt im Dunkeln wirkt er fast weiß. Sie sehen heute wirklich bezaubernd aus.

Seit nunmehr zwei Wochen mache ich Valentina den Hof. Schon während unserer ersten Begegnung bei gemeinsamen Bekannten, wo sie mit ihrem Ehemann war, hat sich zwischen uns etwas entwickelt. Irgendein verlockendes Spiel, scharf und würzig. Valentina ist schön, das sagen alle, und auch mir selbst kommt es so vor. Der heutige Abend soll vieles entscheiden.

In einer langen Reihe haben sich die Kutscher aufgestellt. Die nächsten erheben sich eifrig über die Droschken, bieten alle zusammen ihre Dienste an, fallen sich ständig ins Wort, schreien etwas heraus. Die anderen, weiter weg, sind noch starr, haben sich auf ihren Sitzen breitgemacht, sind zusammengekauert, in Bauernpelzen versteckt: vielleicht eingeschlafen. An der Straßenbahnhaltestelle gerinnt die Menge, wird schwarz.

– Fahren wir? – frage ich Valentina und bleibe neben dem Kutscher stehen. Dieser spornt das Pferd bereits mit einem Peitschenhieb an.

Valentina will aber noch ein wenig spazieren. Eine wundervolle Nacht. Auch der Schneefall ist angenehm. Bloß nicht so schnell gehen. Das sagt sie mit launisch-kokettem Gesichtsausdruck.

Ich hake mich noch fester bei ihr ein, und wir bewegen uns langsam in Richtung zum breiten, von farbigen Lichtern befleckten, verschneit glitzernden Bürgersteig. Valentina ist größer als ich, und es ist sehr bequem, mit ihr zu schlendern. Wir sprechen vom Theater, von den gemeinsamen Bekannten, dann von der Liebe. Ich sehe sie mir oft von der Seite an. In ihr verschmelzen auf seltsame Art schmachtende Trägheit, die ihre gesamte große und schöne Gestalt durchströmt, mit minimal-graziösen Gesten und belebtem Mienenspiel. Bisweilen wirkt diese Belebtheit etwas künstlich-gestelzt, leicht verlogen. Natürlich ist es immer noch jenes gewohnte, halbbewußte Spiel, das ihr so eigen ist, das unsere Begegnung von Anfang an überzieht und mich unwillkürlich infiziert.

– Liebe? – lacht Valentina schallend. – Was reden alle von Liebe? Sie scheinen mir sentimental! Sie sollten wissen, ich halte nichts von Ihrer berühmten Liebe.

Es geht auch ohne, und trotzdem ist vom Leben alles zu haben. Sie bringt nur unnötige Komplikation und Aufregung mit sich.

– Ja, aber können Beziehungen ohne Liebe auch nur halbwegs interessant und faszinierend sein? Ist dann nicht alles schrecklich eindeutig? Wobei Sie manchmal schon recht haben: Allzuoft ist Liebe nur eine Floskel, auf die ein ehrlicher Mensch getrost verzichten könnte.

– Sie denken, ich sei verlogen? – unterbricht sie mich nach einigen Schritten. – Ist es nicht so? Und das gefällt Ihnen nicht? Ich selbst halte mich eher für leichtgläubig. Unpraktisch, wenn ich bedenke, daß ich eine verheiratete Frau bin.

An der Kreuzung bleibe ich stehen und schlage erneut vor zu fahren. Valentina ist einverstanden, fügt aber sofort hinzu: nach Hause. Daran erkenne ich, daß sie meine unausgesprochenen Absichten errät und offenbar an das Gleiche denkt.

– Warum denn nach Hause? So früh ... – Vielsagend drücke ich ihren Ellbogen. – Lassen Sie uns irgendwohin fahren, Valentina.

Sie macht große Augen und wendet sich mir sogar zu vor lauter Verständnislosigkeit.

– Wohin können wir zwei denn fahren? So mitten in der Nacht? Was denken Sie sich eigentlich?

Ich glaube nicht, daß ihre Verwunderung echt ist. Möchte ihr am liebsten sagen, daß sie mit der Maskerade aufhören soll. Aber ich merke schon, das darf nicht sein: Es verstößt wohl gegen die Regeln. Es gilt, mitzuspielen und sich ebenfalls zu verstellen.

– Valentina, jetzt foltern Sie mich nicht. Sie begreifen doch hoffentlich, daß es sein muß. Wir sind doch keine Kinder mehr. Wie oft habe ich schon voller Leidenschaft daran gedacht. Wir müssen es einfach tun.

Laut und gekünstelt lacht sie los.

– Sieh einer an: Wir müssen! Und wer weiß, woran Sie sonst noch so gedacht haben! Mitten in der Nacht soll ich mit ihm irgendwohin fahren! Tut mir leid, aber das entspricht überhaupt nicht meinen Gepflogenheiten.

Bei den letzten Worten nimmt ihr Gesicht einen kalten, gleichgültig-verächtlichen Ausdruck an. Eine Zeitlang schweigen wir verlegen und angespannt. Dann fange ich wieder an, auf sie einzureden, suche nach den richtigen Worten und glaube mir selber nicht ...

Wir haben uns schon weit vom Theater entfernt. Hier stehen die Kutscher nicht mehr Schlange: einsam schlummern sie an den Kreuzungen. Hinter dem breiten, finsteren Platz öffnet sich eine schmale, düstere Straße. In ihr ist es still: Wie ein Spalt verläuft sie zwischen den Wänden, durch das schwere, gewaltige Mauerwerk. Schließen sich die Häuser, wird sie verschwunden sein. Von irgendwoher fällt weißes, unruhiges elektrisches Licht; unaufhörlich erzittert es und erzeugt das Gefühl, als schwirrten dort oben wirbelnde, ungestüme Winde. Unten ist Stille.

– Warum aber laufen wir? – fällt mir ein. – Auch nach Hause läßt es sich fahren.

Wir steigen in eine Droschke. Zwischen uns immer noch eine gewisse Konfusion und Entfremdung: ich finde kein Gesprächsthema. Spreche darum viel und kraus: alles, was gerade in den Kopf kommt. Schaue um mich, halte flüchtige Eindrücke fest. Da rollen wir endlich auf einer breiten Straße – angenehm. Wie merkwürdig ist jetzt die Stadt: dämmrig-feucht, neblig-gefleckt. Als wäre sie geflutet, strömt hier einiges zusammen: zumindest hier unten. Laternen – wie vielfarbige Tropfen Wachs, im Dunkeln erkaltet. Nein, schlechter Vergleich. Wir achten alle zuwenig auf unsere Umgebung: unfähig zu sehen und treffend zu benennen. Sind nur in der Kindheit vielleicht noch anders. Von Kindheit erzählen? ... Ein anderes Mal. Es ist verblüffend: bei ihren Begegnungen reden die Menschen allein von Vergangenem. Eine neue Liebe fängt an, aber sie denken an die verflossenen. Das ist nicht frei von Tragik.

Valentina lauscht sichtlich beeindruckt, sie wendet sich mir sogar zu mit weit geöffneten Augen. Aber selbst darin spüre ich eine leichte, kokette Verstellung. Und ich sehe, sie ist mir überhaupt nicht mehr böse – diese seltsame, verlogene Frau. Ich umfasse ihre Taille noch fester, ziehe sie an mich heran. Sie widerstrebt nicht. Nachdem ich mich vergewissert habe, daß die Straße leer genug ist, küsse ich sie auf die Lippen. Sie schaut mich vorwurfsvoll an, schweigt. Auf einmal ganz still, ganz schwach und gefügig wirkend. Woher dieser plötzliche Wandel? Und wieder rede ich auf sie ein, sie soll mitkommen, irgendwohin, und sei es in ein Restaurant. Und wieder lehnt sie es ab, doch diesmal mit wesentlich weniger Nachdruck.

– Also, einverstanden? Auf ein halbes Stündchen, mehr nicht. Sie sind durchgefroren. Wie wär's? Dort ist es warm, und Musik spielt. Sehen Sie, wie einladend all diese Fenster erleuchtet sind.

Sie ist verlegen, ein ahnungsloses Mädchen.

– Das gehört sich doch nicht. Was machen Sie nur mit mir? ... – verschämt senkt sie den Blick.

Ich fühle, sie ist einverstanden. Sie fährt mit in ein Chambre Séparée, auch woandershin, ganz wie ich will. Für einen Augenblick bin ich sogar ein wenig enttäuscht. Wozu war dieses Geziere dann nötig? Und auf einmal kommt mir das, was geschehen soll, ganz seltsam und unwirklich vor.

– Und Ihr Mann, wo ist er heute? – frage ich unbedacht. Und begreife sofort, daß es nicht ratsam war, ihren Mann zu erwähnen. Sie schaut mich tadelnd an. Ich nehme sie bei der Hand und küsse, als wollte ich mich entschuldigen, die kaltgewordenen Finger.

Am Eingang zum Restaurant lasse ich die Droschke gebieterisch halten. Valentina hat nichts dagegen. Ich helfe ihr beim Aussteigen. Der Portier öffnet uns weit die Tür.

– Ein Séparéechen? – errät der Lakai in vorauseilendem Gehorsam.

Behutsam führe ich meine Dame. Heimlich beobachte ich sie und staune. Ihr Gesicht ist jetzt verächtlich, unnahbar, auch streng und kalt. So habe ich sie noch nie gesehen. Aber das ist wohl für die Lakaien.

Wir betreten das Zimmer. Eifrig legt der Kellner den Schalter um. Aus dem Dunkeln ersteht ein glänzend gedeckter Tisch samt Spiegel und rotem Plüschmöbel.

Fürsorglich taste ich mit den Augen das breite Sofa ab. Valentina bleibt mit ruhig-stolzer, zugleich unschlüssiger Miene beim Tisch. Der Lakai nimmt ihr den verschneiten Pelz von den Schultern.

*

Im Club, einem überfüllten Saal, essen wir gemeinsam zu Abend: Valentina, ihr Mann, ich und ein paar Bekannte. Unter ihnen der Journalist Kuderkow, der Rechtsanwalt Proletow, irgendein Student mit seiner Frau. Erregend, machtvoll erfaßt den Saal die Elektrizität: der mittlere große Kronleuchter erinnert an einen prächtigen Strauß blaßgelber Ranunkeln. Langsam und lärmend nehmen wir Platz um den runden Tisch in der Ecke.

Valentina ist heute ausgesprochen interessant. Sie trägt ein blaues Kleid, das sich eng um ihre effektvoll pralle Figur spannt. Sie hat Erfolg: ist von Verehrern umgeben, die lautstark miteinander wetteifern. Der Polytechniker Bulgak, der einer Holzpuppe ähnelt, klebt den ganzen Abend lang an ihr.

Ich unterhalte mich mit Wladimir Wladimirowitsch, ihrem Mann. Er fragt mich teilnahmslos nach meiner Arbeit. Es ist etwas Verschlossenes, Unfreundliches an ihm. So ist er zu allen. Mir scheint, er vermutet in jedem einen Liebhaber seiner Frau.

Valentina redet wenig mit mir, während des gesamten Abends hält sie sich abseits. Das kann ich verstehen: ein taktischer Zug – nach all dem, was zwischen uns war. Deshalb nähere ich mich ihr auch nicht: bleibe bei den Wenigen, die nicht mit ihr flirten.

– Im Sommer ist Erholung wichtig ... – teilt mir Wladimir Wladimirowitsch offenbar mit, was ihn selbst beschäftigt. – Aber welche Erholung ist bei uns auf dem Lande schon zu erwarten? Vielleicht wie im vergangenen Jahr ins Ausland reisen, in die Schweiz ...

Ich beobachte Valentina. Wie sie lacht und sich beim Lachen ein wenig vorbeugt. Vom Lachen heben sich ihre Schultern und Brüste. Erst gestern habe ich diese Brüste geküßt, diesen Körper geküßt, der jetzt vom blauen Kleid bedeckt ist, das seine prachtvolle Schönheit nur neckisch erraten läßt. Ahnt denn einer, was gestern war? Ihrer Miene ist ja nicht das Geringste anzusehen. Wir sind die ganze Zeit über getrennt, und nichts deutet auf eine Verbindung zwischen uns hin. Seltsam, daß die Liebe so spurlos vorübergeht.

– In Davos sind besonders viele Russen ... – setzt Wladimir Wladimirowitsch seinen Bericht fort. – Eine ganze Kolonie. Wir haben dort zahlreiche Bekanntschaften gemacht. Aber meine Frau hat sich am Ende gelangweilt. Denn es ist ja im Grunde nur ein kleines Nest ...

Ich sehe, wie sich Valentina in unsere Richtung dreht und vorgebeugt ihrem Mann etwas sagen will. Er steht auf und geht zu ihr. Den ganzen Abend lang begegnet sie ihm mit maßvoller Sanftheit und Aufmerksamkeit: wie es sich eben ziemt. Ich höre nicht auf ihr Gespräch, aber ich weiß: Jedes Wort ist Heuchelei und Lüge.

Dann wird irgendein Student herbeigeführt, um ihr vorgestellt zu werden. Schnell kneift sie die Augen zusammen und reicht ihm die Hand – mit ihrer so typischen Geste, gleichsam steil von oben herab, kokett und würdevoll den Ellbogen hebend. Auch diese Bewegung, die Art, ihre Hand zu geben, ist irgendwie unaufrichtig, gestelzt: eine gespielte Strenge.

Der neue Student heißt Doroschewski und macht Verse. Er nimmt Platz neben Valentina, und ich höre, wie sie augenblicklich mit ihm über Literatur zu sprechen beginnt. Mit betontem Interesse stellt sie ihm Frage auf Frage. Ich kenne das nur zu gut.

Kuderkow klopft wütend mit der Gabel an einen Teller.

– Personal! Personal! ... Wer bedient denn hier? – Er hat die Rolle des Anordners auf sich genommen. Überreicht seinen Tischnachbarn die Karte, erkundigt sich: – Und was möchten Sie? – Gibt dem Lakaien detaillierte Anweisungen.

Wladimir Wladimirowitsch hat sich Nierchen in Madeira bestellt und sitzt jetzt schweigend da. Ich stelle fest, daß seine Arme außerordentlich dünn, häßlich und von Haaren bewachsen sind. Es ist mir unangenehm, sie zu sehen, als würde mich das irgendwie persönlich tangieren. Auch daß wir zusammensitzen, ist unangenehm. Ich versuche, wieder ein Gespräch mit ihm anzufangen.

– In Italien waren Sie auch? Nur in Venedig? Und das nächste Mal?

Die Tischunterhaltung wird allmählich zu einer allgemeinen. Wir reden über die moderne Literatur, über das bevorstehende Benefizkonzert, an dem Valentina Lwowna teilnehmen wird, über die Verhaftung von Simonowski. Valentina zeigt an allem Interesse und greift jedes Thema auf. Es ist offensichtlich, daß sie eine Frau von Welt ist, intelligent und gebildet. Aber ich fühle darin eine gewisse gleichgültige Anpassung an den Gesprächspartner, an die Gesellschaft, diese für sie so typische Unaufrichtigkeit. Mit Erstaunen stelle ich fest, daß sie mir auf merkwürdige Weise höchst unsympathisch ist.

– Sie schreiben also an einem Poem? – fragt sie Doroschewski. – Das macht ja neugierig ... Und der Band kommt im Herbst heraus? Vergessen Sie nicht, ihn mir zu schicken.

Dann läßt sie sich auf dem Stuhl zurückfallen und spricht mit zusammengekniffenen Augen und gelangweilter Grazie:

– Was erscheint denn zur Zeit Interessantes? Ich habe bereits jeden Überblick verloren. Schämen sollte ich mich.

– Herrschaften, Herrschaften, an die Arbeit! – krächzt Kuderkow. – Der Wein ist serviert. Auf Ihr Wohl ... – prostet er Valentina zu. Anmutig hält sie ihm den Pokal hin und entblößt dabei ihren wunderschönen Arm.

Dieses Arms bemächtigt sich nun Bulgak und küßt ihn lange beim Ellbogen. Valentina lacht laut. Ungeniert flirtet sie mit allen Anwesenden direkt vor den Augen ihres Gatten, läßt sich die Arme küssen, sich frech hofieren. Eine durchschaubare Taktik: Wenn das alles so offen geschieht, direkt vor den Augen des Gatten, dann ist das alles gewiß unschuldig, und es gibt nichts zu befürchten ...

– Hat mir den Hof gemacht? Sogar mit ernsten Absichten? – lacht Valentina als Reaktion auf etwas von Bulgak Gesagtes. – Aber wie kann man mir mit ernsten Absichten den Hof machen! Wir haben uns schon nach drei Tagen zerstritten. Er sagt, es sei für eine Frau langweilig und unmodern, die Tugend zu wahren und ihren Ehemann zu lieben.

Die letzten Phrasen spricht sie sehr laut. Ich schlußfolgere: die sind für den Gatten bestimmt.

Kuderkow ist bereits angetrunken.

– Was bin ich denn schon, eine alte Zeitungsratte. Ein Reporter und ein Erpresser! Eine absolute Niete! Aber glauben Sie, ich wurde noch nie geliebt? Und wie ich geliebt wurde! Valentina Lwowna, Ihr Händchen bitteschön.

Valentina Lwowna meint auch hier unbedingt helfen zu müssen.

– Geliebt? Tatsächlich? Erzählen Sie. Von schönen Frauen? Schöner als ich? – Der letzte Satz klingt irgendwie provokant. Sie nimmt die Hand nicht von seinen Lippen.

Immer wüster, immer unruhiger wird es im Saal. Bei uns lärmt es, am Nebentisch lärmt es. Ständig kommt jemand herein, geht wieder, entnervend vor den Augen flimmernd.

Es wird erdrückend. Treibt fort von hier – zum Alleinsein, zum Nachdenken. Ich rücke etwas weg vom Tisch, als wenn ich die Musikkapelle besser sehen wollte. Betrachte gedankenvoll die Wände, die elektrischen Leuchter. Die Ranunkeln des Kronleuchters wirken verblaßt: sie welken. Schon aber füllen sie sich erneut mit scharfem, goldenen Licht. Diese ganze abendliche Grelle ist wie ein einziger Fiebertraum. Der Saal wird von einem luftig dahinschmelzenden Nebel eingelullt. Was ist das – Zigarettenrauch oder nur der dünne Schleier meiner beschwipsten Phantasie?

Und wieder mustere ich Valentina, schaue auf ihre weißen, fülligen Arme, das lächelnde Gesicht. Erinnere mich an alles: an unser erstes Kennenlernen, als sie mir auf die gleiche für sie so typische und kalkulierte Art die Hand reichte und sich voller Aufmerksamkeit mit leicht zusammengekniffenen Augen über Dinge unterhielt, die mich interessieren würden, erinnere mich an den Rest – die Komödie des Widerstands, die Komödie der Unschuld und der Verlegenheit an jenem Abend nach dem Theater, und schließlich an unsere Intimitäten, sinnlich, schamlos, wissend und raffiniert, die wir vergeblich wie spontane Leidenschaft aussehen lassen wollten. Von Anfang an und bis zum Ende war das alles die reinste Lüge.

– Wassilij Petrowitsch, Mensch, Wassilij Petrowitsch! – Ich drehe mich um: Es ist Kuderkow, der mich ruft. – Nicht träumen, alter Junge! Oder wollen Sie keinen Schampus?

Ich rücke zum Tisch, ergreife das schlanke, mit blaßgoldener Flüssigkeit gefüllte Glas und setze mein Gespräch mit Wladimir Wladimirowitsch fort. Diesmal redet er über Wohnungen: wie schwer es sei, die passende zu finden. Beklagt sich sehr über seinen Pförtner, der zu faul ist, nachts aufzustehen. Er glaubt auch, daß der Pförtner, denn so sind sie alle, als Polizeispitzel gehörig dazuverdient. Ich werde auf merkwürdige Weise von der Unterhaltung bewegt, die ich mit diesem unscheinbaren und trübsinnigen Menschen führe, den ich betrüge. Und zugleich ist seine Anwesenheit, seine Nähe mir unangenehm. So als mache es die Verlogenheit unserer Liebe noch eklatanter, noch unerträglicher. Was verbindet mich mit Valentina? Wer ist diese Frau, und wen liebte sie vor mir? Wen liebt sie jetzt?

Der Rechtsanwalt Proletow, ein glatzköpfiger, dicker, sich jugendlich gebärdender Geck mit Katzenschnurrbart, trinkt zusammen mit Valentina Likör. Irgend etwas wurde über die beiden gemunkelt: Natürlich, er ist ihr Liebhaber. Bulgak? Nein, der kennt sie erst seit kurzem – er wird es noch werden. Aber wer weiß. Kuderkow? Ich sehe das versoffene, ausgelaugte, krause Gesicht Kuderkows. Schon möglich.

Ich erinnere mich daran, daß sie den ganzen Abend lang kein Wort mit mir wechselt, daß auch ich mich fern von ihr halte und zwischen uns nichts zu bemerken ist. Und dennoch hatte sie sich mir hingegeben. Dann wäre das doch auch mit anderen denkbar? Mit wem denn noch? Und wo sind sie alle? Besorgt sehe ich mich im Saal um ... Plötzlich verläßt Valentina ihren Platz und nähert sich uns. Sie setzt sich zunächst zu ihrem Mann, sagt ihm etwas Zärtliches, offenbar fragt sie ihn, ob er nicht müde sei. Dann wendet sie sich zu mir.

– Wissen Sie eigentlich, daß Sie mich heute den ganzen Abend lang vernachlässigt haben? Wladimir, was ist bloß in ihn gefahren? Er soll mir bitteschön den Hof machen!

Ich bemühe mich um Esprit. Im gleichen scherzhaften Ton antworte ich laut, ich hätte jede Hoffnung verloren – bei den vielen Rivalen und bei ihrer berühmten Tugend.

Sie scheint mit der Antwort zufrieden zu sein.

– So ist's artig. Hier, küssen Sie. – Demonstrativ streckt sie ihre Hand aus. Es geschieht direkt vor den Augen des Gatten, also gibt es hier nichts zu befürchten.

Dann hakt sie sich bei mir ein, und wir schlendern gemeinsam durch den Saal. Sie drückt sich eng und vielsagend an meinen Arm und wird sofort sehr zärtlich.

Verspricht, morgen bei mir zu sein und lange zu bleiben. Der Gatte wird irgendwohin reisen.

Als wir zurückkehrten, war Kuderkow gerade dabei, einen Ausflug vor die Stadt zu organisieren. Valentina wurde gefragt. Sie willigte gleich ein. Ich wollte nicht, daß sie fährt, und wollte auch selbst nicht fahren. Ich sagte ihr das. Sie wunderte sich, hielt es für Eifersüchtelei, zuckte die Achseln, verstand nicht, was mich daran störte.

Und alle fuhren sie, bis auf Wladimir Wladimirowitsch und den verheirateten Studenten, der mit seiner Frau nach Hause mußte. Grölten und krakeelten besoffen beim Besteigen der Trojka. Proletow flüsterte Valentina irgend etwas ins Ohr und berührte sie dabei mit dem Schnurrbart. Bulgak half ihr geschickt in den Schlitten ...

*

Es ist zwei Uhr nachts. Nach unserem Treffen bringe ich Valentina nach Hause. Schweigend sitzen wir in der rüttelnden Droschke, die auf der nassen, zerstampften, vom Tauwetter aufgeweichten Straße rollt. Die Dämmerung zeichnet sich ab.

Ich habe das Gefühl, daß ich unbedingt etwas sagen müßte, daß das Schweigen peinlich sei. Aber es gibt nichts zu bereden, und wir brauchen einander ganz einfach nicht. Im Gedächtnis – zerrüttete Bettlaken, ein gespreizter, sich rekelnder Frauenleib, ungeduldiges Auskleiden und müdes Ankleiden mit dem lästigen Schließen der Haken am Rücken. Auf den Lippen eine seltsame Trockenheit von den Küssen. Bedrückt von irgendeiner Unzufriedenheit und Enttäuschung.

Ich sehe sie an: Sie wirkt müde, fügsam, gleichgültig. Das Gesicht ist irgendwie spitzer geworden und scheint bleicher und schmaler als sonst. Die Augen tadeln mich für alles, was ich ihr angetan habe. Schweigend küsse ich ihre bleiche und kalte Hand.

– Wie spät ist es? Schon zwei? – fragt sie. – Mein Gott, was erzähle ich bloß meinem Mann ... Ich wollte längst fahren, und das wissen Sie.

Einen Augenblick lang zeigt ihre Stimme den gleichen Mißmut, die gleiche Gereiztheit, die ich jetzt spüre. In diesem Moment ist es völlig klar, daß wir fremd, unzufrieden, beinahe schon Feinde sind.

– Da, schau ... – lenke ich Valentinas Blick, nur um etwas zu sagen – was für ein seltsames grünes Schillern im Fenster. Als wäre dahinter ein bestrahlter Ozeangrund. Irgendwelche Blumen. Wie Algen, die zum Licht hinaufstreben.

Sie wendet sich gleichgültig den Fenstern zu und schaut sie an. Dann schweigen wir wieder. Ich bin froh, daß wir ankommen.

An der Einfahrt verabschieden wir uns, und ich drücke die Klingel. Es zeigt sich der Pförtner, über den Wladimir Wladimirowitsch geschimpft hat. Ein letztes Winken, und Valentina verschwindet hinter der Tür. Ich steige zurück in die Droschke, und sie fährt mich noch langsamer, noch unwilliger nach Hause.

Ich denke an Valentina.

Gerade steigt sie, mit spitzen Absätzen klackernd, die Treppe hinauf, öffnet vorsichtig mit dem Schlüssel, der sich in ihrem Ridikül befindet, die Wohnungstür, ertastet mit sicherer Hand den elektrischen Schalter im Flur. Rasch wirft sie Mantel und Hut ab. Die Röcke aufschürzend, damit sie nicht zu laut rascheln, begibt sie sich ins Schlafzimmer. Schweigend und geheimnisvoll sind Räume bei Nacht. Der Mann schläft schon. Im Schlafzimmer sind die Vorhänge heruntergelassen, wahrscheinlich Tüll, und die sich aufhellende Nacht hat Fensterquadrate auf sie gedruckt. Kalt schimmert der Spiegelschrank. Schnell, aber möglichst geräuschlos entkleidet sich Valentina. Jetzt steht sie vor dem Spiegel und schaut hinein. Die Augen eingefallen und das ganze Gesicht erschöpft und bleich. Die Frisur zerzaust: in der Aufregung nach dem Rendezvous hatte sie das Haar nur hastig ordnen können. Eilig löst sie die Strähnen, damit der Mann es nicht merkt: kämmt sich wie gewöhnlich zur Nacht. In diesem Moment wacht der Mann auf: Er wacht immer auf, hat Valentina erzählt. Es wird doch nicht etwa ein Verdacht sein, der ihn um den Schlaf bringt? Was tut sie nun? Läuft sie ausgelassen zu ihm, umarmt ihn sogleich und berichtet, wo sie gewesen ist, wie lustig es auf dem Ball war, wie umwerfend auf der Spazierfahrt vor die Stadt? Oder bleibt sie gelassen stehen, läßt ihre dichten Haarsträhnen langsam aus der einen Hand in die andere gleiten und flicht sich zur Nacht einen dunkelblonden Zopf? Das Gesicht undurchdringlich, kalt und gelassen, ein Gesicht voller Lüge. Jetzt fragt der Mann etwas nach, gleichgültig, ängstlich – um sich nicht zu verraten, seinen eifersüchtigen, seinen besorgten Verdacht. Sie antwortet völlig gelassen, sie lügt so gewandt. Was aber tut sie dann? Was tust du dann, Valentina? Legst du dich zu ihm ins Bett? Und er umarmt dich? Sind dir seine Liebkosungen nicht zuwider? Oder findest du vielleicht Gefallen daran, an diesem Wechsel, an diesem Vergleich? Was sagst du, was raunst du ihm zu? Dasselbe wie deinem Geliebten? Bist du nun so sehr verlogen, daß es dir kaum noch schwerfällt? Aber wie peinlich, wie plump wird dadurch auch unsere Liebe! ...

Die Droschke macht einen harten Ruck, ich werde zur Seite geschleudert, stürze fast heraus. Wieder aufrecht sitzend, schaue ich mich um.

Wie langsam wir fahren. Noch immer derselbe weiß beschneite Boulevard, wie von tausend Ruten von nackten, verdorrten Bäumen gesäumt. Die Pfützen schmatzen unter den Rädern, mühsam schnaubt der erschöpfte Gaul.

– Fahr zu, Kutscher! Sonst schlafen wir ein!

Der Kutscher rüttelt sich auf und schlägt die Zügel. Das Klappern der Hufe wird schneller, belebter. Endlose fahle Häuser ziehen seitlich vorbei. Es dämmert sichtlich. Ein blaß-grauer Morgen, freudlos, wie meine müden Gedanken.

Ich überdenke mein Leben. Bei diesem winterlichen und grauen Tagesanbruch wirkt es auf mich zum Erschrecken trübe. War ich denn jemals, und sei es auch nur für eine Minute, glücklich?

Das Knabenalter, eigentlich noch die Kindheit ... Der Morgen meines Seins – alles andre als heiter. Oh, diese furchtbaren frühen Reize des Weiblichen, die Verwunderung über das Unbegreifliche, Starke, die unreinen Einsamkeiten, die Wollust mit sich allein. Schon als zartes Bübchen diese schleichenden Träume, das Leiden am anderen Geschlecht ... Dieser finstere Morgen nebelt mein ganzes Leben ein.

Die Jugend. Wie viele geben ihre Jugend dem Laster hin? Das noch unverbrauchte Dürsten nach Liebe hinausgetragen auf die Straßen, auf die Boulevards, das Weib in einer Dirne erkannt. Der Traum von Glück, die Unfähigkeit, es zu ergreifen, und in Freudenhäusern die Sehnsucht danach, die fast in den Wahnsinn treibt. Einsamkeit, Krankheiten, hoffnungslose Schwermut – ein zu bitterer Preis für die Ahnungslosigkeit und die Fehler der Jugend.

Wir bogen links ein, in eine schmale und lange Straße. Das Pferd kann kaum noch laufen, humpelt nur ausgelaugt. Der Kutscher sinkt tiefer und tiefer, wiegt sich hin und her, nickt ein. Und rings die Stadt – wie ein erschreckendes, erstarrtes Gesicht, das ich zu gerne verscheuchen würde.

Die Häuser, die Häuser – grau, weiß und gelb. Kisten, innen lächerlich aufgeteilt, vollgesteckt mit Fenstern, vollgestopft mit Menschen. Noch sind einige Fenster erhellt. Nicht alle schlafen: Es gibt noch solche wie mich – die Wachen. Was geschieht jetzt in diesen Häusern? Könnte man ihnen doch die Hüllen abreißen, in jedes hineinsehen, in jeden Teil, in das stickige Schlupfloch des Menschen. Was tun jene, die dort ihre Zuflucht gefunden haben? Einander umarmen, Worte flüstern, die lachhaft, berauschend und lügnerisch sind? Oder sie sind schon zur Ruhe gekommen: schlafen zu zweit oder allein, strecken ihre verschwitzten, sinnlosen Leiber aus.

Ich weiß es, ich weiß es zu gut. Das Glück der Nähe ist genauso ein Wahn wie das wüste Treiben der Straße. Du, meine liebste Frau, die mich verlassen hat, gekränkt und verbittert, du hast mich dennoch niemals verstanden und wirst mich niemals verstehen.

Die Hufe schlürfen, als würden sie in den Pfützen ersaufen, schwerfällig keucht und schnaubt der Gaul, tiefer und tiefer sinkt der Kutscher. Wann kommen wir endlich an? Häuser, Häuser, kein Ende, bleich und farblos der Morgen. Die Stadt – ein Gesicht, das nicht weichen will, ein irrsinniges, müdes Hirngespinst ... Nun mach schon, Kutscher, nun mach schon!

*

Ich sitze am Schreibtisch und verfasse einen Brief an Valentina. Heute Abend ist unser Rendezvous, aber ich will nicht. Gleich sende ich den Brief mit einem Boten. Ich beende unsere Liaison. Vermutlich wird es mir später leid tun: aber egal.

Ich schreibe per Sie. Wir sind uns einander im Grunde so fremd geblieben, daß sich das Du nicht wirklich gefestigt hat. Du – das sagten wir zueinander, dank der Erfahrung mit anderen, eigentlich nur im Bett.

Hier mein Brief:

„Valentina, ich sehe mich gezwungen, Sie böse zu überraschen und Ihren Zorn heraufzubeschwören. Oder, nein, das ist übertrieben. Sie werden gleichmütig bleiben und als kluge Frau nicht sonderlich staunen, ich bitte Sie nur um eines: Verstehen Sie mich nicht falsch.

Wissen Sie noch, bei einer unserer ersten Begegnungen sprachen wir davon, wie oft sich Menschen gegenseitig belügen, indem sie Begehren mit Liebe verwechseln. Als wäre es nicht möglich, die Sache ganz zwanglos anzugehen, das heißt: ohne das obligatorische Liebesgerede zu genießen! Dies haben wir zwei versucht: Wir liebten, ohne einander zu lieben. Und ich muß Ihnen sagen, daß ich dazu nicht mehr länger imstande bin.

Wie seltsam – wir wollten Direktheit und offene Worte, sind aber nicht ohne Lüge ausgekommen. Vielleicht haben wir zwei sogar mehr als andere gelogen. Zwar mieden wir jedes verliebte Gespräch, doch haben wir nicht statt dessen versucht, unsere Beziehung mit erdachten Gefühlen zu schmücken, um sie so voreinander zu rechtfertigen? Lüge heißt nicht nur, sich Lügen erzählen; weit größere Lüge ist: vorgetäuschtes Vertrauen mit bewußter Blindheit den Lügen des Anderen gegenüber. Dahinter steht jedoch die eigentliche und tiefste Lüge: daß wir zwei uns ohne Liebe nahe waren, daß wir zwei Liebe spielten und imitierten, während sie zwischen uns fehlte.

Das zu empfinden, erschien mir zuweilen schier unerträglich. Jede Bewegung, jedes Wort, jedes kleinste Ereignis zwischen uns wirkte falsch und verlogen und verletzte mich auf eigentümliche Art. Jedes Wort war ein möglicher Trennungsgrund. Und Sie selbst, mit Ihrem Takt, auf den Sie so stolz sind, mit Ihrer Anpassungsfähigkeit und der gewohnten Unaufrichtigkeit – zeigten sich mir als eine Verkörperung der Lüge, als das Symbol unserer künstlichen Liebe. Sogar aus Ihrem Namen – Valentina – aus seinem Klang, glaubte ich jene theatralische, glatte Lüge herauszuhören. Er ist sehr bezeichnend für Sie – Ihr Name. Manches Mal habe ich Sie schon beinahe gehaßt. Ich gebe zu – das alles ist unbegründet, vielleicht auch krankhaft von mir, doch ich kann nicht anders. Vermutlich bin ich tatsächlich sentimental, wie Sie mich einmal nannten, aber im Augenblick denke ich – der Ehebruch ist noch keine Liebe, die Sinnlichkeit allein befriedigt nicht, und es ist verkehrt, mit einer Frau zusammenzuleben, nur weil sie einen schönen und weißen Körper hat. Eine andere Liebe, eine andere Beziehung waren mir freilich nie vergönnt. Woran Sie leicht sehen können, daß ich tief unglücklich bin.

Verurteilen Sie mich nicht. Wie hätte ich wissen, wie hätte ich vorausahnen sollen, daß zwischen uns alles so endet. Wo ich doch selbst über mich staune. Und gewiß werde ich das, was ich gerade tue, noch oft und bitter bereuen, weil ich Sie dadurch verliere. Und dennoch muß ich es tun.

Verzeih mir, Valentina."

*

Auf meinen Brief erhielt ich keine Antwort, sofort war zwischen uns alles vorbei und abgestorben – ganz einfach, ganz leicht, ganz unwiderruflich, als wäre erst gar nichts gewesen. Wie etwas Fremdes, Erfundenes, Erzähltes – blieb Valentina mir im Gedächtnis. Und schon bald verschwendete ich kaum noch einen Gedanken an sie.

Wir trafen uns bei einem Symphoniekonzert. Bereits auf dem Weg dorthin war mir, als würde ich ihr dort begegnen, vielleicht eine Vorahnung. Ich betrat den Saal und stieß gleich mit ihrem Mann zusammen. Wir tauschten Höflichkeiten aus, und aus irgendeinem Grund warnte er mich davor, daß seine Frau ebenfalls hiersei. Ich nahm es gelassen zur Kenntnis und eilte an meinen Platz.

Es war sehr voll: festlich und laut. Feierlich strahlte oben ein gigantischer Kronleuchter; besorgt huschten rote Theaterdiener vorüber. Dann verstummten alle: und es begann. Ein Klingen, Dröhnen, Seufzen und Schluchzen des Orchesters. Als wäre das, was da tönt, singt, sich verengt und wieder ausweitet, der Saal selbst. Das ganze Gebäude – ein riesiges, donnerndes, kraftvolles Blasinstrument. Oder sind es die Stimmen des Alls, das mächtige Zusammenspiel der Naturgewalten? Klein und erbärmlich erschienen vor der Größe und Majestät der Akkorde die Menschen.

Valentina sah ich bereits in der ersten Pause. Sie kam mir zwischen den Reihen entgegen. Sie war nicht allein – bei ihr Bulgak und noch irgendein mir unbekannter blonder Herr mit Zwicker. Sie sah gut aus: schlank, aufgeblüht, oder ist es nur dieses hellgraue Spitzenkleid, das ihr so steht? Jetzt sah sie mich auch: Sogleich wandte sie sich ihrem Begleiter zu und begann ihm aufgeregt etwas zu erzählen. Sie hakte sich bei ihm ein: vermutlich ihr neuer Liebhaber. Im Vorbeigehen verbeugte ich mich vor ihr – schweigend und ernst. Sie, mich kaum eines Blickes würdigend, nickte mir nachlässig zu, ohne das Gespräch mit ihrem Blonden eine Sekunde zu unterbrechen. Danach ging sie noch einige Male an mir vorüber und schenkte mir keinerlei Beachtung. So war es offensichtlich, daß wir einander vollkommen fremd sind, daß zwischen uns gar nichts besteht, daß alles, ja, wirklich alles spurlos verrauscht ist.

Der zweite Teil des Programms. Während die Töne klagten und rebellierten, dachte ich nach – wehmütig und bedrückt. Über meine Einsamkeit, über das unerreichbare Glück. Erinnerte mich an das Leben. Warum habe ich mit Valentina gebrochen? ... Ich fuhr früh nach Hause, ohne mich von ihr zu verabschieden.

Später begegnete ich ihr noch öfter – auf der Straße, im Theater. Immer mit einer flüchtigen Verbeugung – kühl und gleichgültig. Erstaunlich leicht endet die Liebe.

Von ihrem Leben wußte ich wenig: hörte, wie ihr das Gerücht mal diesen, mal jenen Liebhaber zuschob. Nie wieder sprach ich zu ihr auch nur ein einziges Wort.

MARGO

Unaufhörlicher, dumpf-verworrener Lärm – von Stimmen, Schritten, scheppernden Besteck und Geschirr – greller Glanz, der auch dumpf und lärmend zu sein scheint, wieder Gesprächsfetzen, Gesäusel und Gebrumm – und alles überdeckt von blendend elektrischem Licht, das von Wänden, Spiegeln und Kristallbechern auf den Tischen zurückgeworfen wird. Beunruhigend, funkensprühend, erregend laut ist es im Kaffeehaus. Besetzt, überfüllt sind beinahe alle Tische, aber immer wieder zwängt sich ein neuer Besucher durch – ein nüchterner, eleganter Herr oder eine blasierte Dame mit schwungvoll gebogenem Hut.

– Darf ich mich zu Ihnen gesellen?

Diejenige, an die sich dieser Satz richtete, hob die Augen. Vor ihr stand ein junger Mann von mittlerem Wuchs mit kleinem Schnurrbart, schwarzer Melone und Mantel. Er war etwas bleich und lächelte angestrengt. Sie ließ die Augen wieder sinken und sagte leise, fast verwundert:

– Von mir aus.

Er nahm Platz, betont lässig. Legte auf dem graugelben Marmortischchen neben sich die Melone ab und lehnte den Spazierstock an. Sie blieb unbewegt sitzen, leicht vorgebeugt, die Hände unter dem Tisch. Es war etwas Seltsames an ihr. So blaß, so dünn, mit großen, durchsichtigen Augen – als gehöre sie nicht hierher. Er hatte es gleich bemerkt und ging möglicherweise deshalb auf sie zu. Nun aber schaute er sie verwundert an.

– Was wollen wir denn trinken? Schokolade? Kaffee? Was möchten Sie?

Sie mochte gar nichts. Winkte in Richtung des gelben Marmortisches, hin zu der leeren Schokoladetasse und dem Kristallbecher mit einem weißen Eisknäuel darin, das an kunstvoll zusammengerollten Schnee erinnerte. Trotzdem rief er den Kellner und bestellte etwas. Der Kellner bog sich wie eine von Federn angetriebene Puppe.

– Schon lange hier? Um sich zu zerstreuen, wie? Hier geht es laut und fröhlich zu.

Diese Worte kamen ihm reichlich gestelzt vor, hatten etwas von einem Verhör.

Sie fand es hier überhaupt nicht fröhlich. Ihr waren Kaffeehäuser lästig. Wenn sie etwas sagte und daraufhin die Lippen aneinanderpreßte, schoben sich ihre Mundwinkel nach unten, was müde, hoffnungslos, vielleicht sogar verächtlich-weise wirkte.

Plötzlich brach irgendwo Musik hervor, grell, aufreibend, von rastloser Buntheit. Niemand hört zu, niemand gibt sich ihrem aufgeregten Drängen hin. Aber noch enger, noch belebter wurde es im Café. Die Kellner huschten und bogen und streckten sich wie von Federn angetriebene Puppen. Wieder und wieder öffnet sich die breite Spiegeltür und läßt mal eine schwarze Melone, mal einen prächtigen Damenhut herein.

– Wie heißen Sie?

– Margo.

– Schöne Hände haben Sie, Margo. Weiß und zierlich. Und sehen Sie da – die scharfgeschliffenen Nägel, so durchsichtig, so rauchfarben-rosa: wie entfaltete Blätter einer frischen Knospe.

Da lachte sie und betrachtete, immer noch lachend, ihre Finger. Er legte seine Hand auf eine ihrer Hände – warm und schüchtern. Es lag etwas Trauriges in dieser Liebkosung – hier, in diesem hallenden Kaffeehaus, etwas entkräftet Jenseitiges.

Aber das Gespräch verlief immer noch stockend. Was auch immer er streifte, alles schien ihm so gewöhnlich, so alltäglich, so unausweichlich hier. Sind es etwa diese glatten Wände oder diese in Beschlag genommenen Tische, die ihm seine Worte eingeben? Einen Moment lang war ihm, als würden alle in diesem Raum das gleiche sagen, das gleiche heute und gestern und vor vielen Jahren schon. Ihn grauste es. Vielleicht ist das alles ja längst vorherbestimmt – unfrei? Er sah ihr in die Augen:

– Und? Die Männer sind wohl einer wie der andere? Reden immer das gleiche?

– Nein, wieso ... – Sie verstand ihn nicht. Aber als er seinen Gedanken erklärte, stimmte sie zu.

Die Musik schüttete sich aus – das Orchester dort auf der Bühne – in bunten, überflüssigen Zirkuskostümen. Niemand hört ihm zu, aber es reibt auf, beunruhigt etwas, und noch lauter, noch erregter wird es im spiegelnden, schamlos grellen Saal ...

Sein Blick in ihr Gesicht macht sie verlegen.

– Nun, was haben Sie denn Schönes entdeckt? Was ist mit meinem Gesicht? – sagt sie leicht verärgert.

– Sie haben ... – Er musterte sie noch genauer und ernster. – Sie haben traurige, müde und vielwissende Augen, aber sinnliche und leidenschaftliche Lippen. Ihre Lippen sind jünger als Ihre Augen. Sind Sie sehr leidenschaftlich?

– Oh, wahnsinnig. – Und sie lachte. Irgendeine Herausforderung und Versprechung klang aus diesen Worten heraus, und das wirkte unangenehm.

Schon ist die Schokolade ausgetrunken, schon wird das Sitzen ermüdend und irgendwie unnötig.

– Möchten Sie noch etwas?

– Nein, nein ... – sagt sie fast erschrocken und rückt sogar etwas vom Tisch weg.

– Sind Sie oft im Kaffeehaus? – fragt er unschlüssig.

– Nein, nicht oft. Und immer mit einem Ziel ... – lacht sie und beantwortet die verdeckte, erahnte Frage.

Und dann dieses unvermeidliche Gespräch. Natürlich, sie hatte geliebt, stark geliebt, und war von ihm verlassen worden; freilich hatte er seine Hilfe angeboten, sie ihn jedoch fortgejagt. Die Stolze hatte ihn fortgejagt. Nein, niemals hätte sie damals geglaubt, daß es mit ihr so enden würde.

Er schaute sie an und versuchte zu verstehen, warum es so hatte enden müssen. Gäbe es keine anderen Auswege?

Der Schwache, er redete über sich, seine Liebe, sein eigenes Drama. Denn auch er hatte geliebt, und auch er hatte verlassen.

– Aber nicht alle Frauen werden doch ...

– Doch, alle ... – unterbricht sie ihn, beinahe aufschreiend, außer sich. – Alle werden sie! – Entsetzt blickt er sie an.

– Ach, waren Sie in Stuttgart? – Nach einer Weile fragt er sie das. – Oh, wie ein fröhlicher, strahlender Traum erscheint mir jetzt mein Leben im Ausland ... – antwortet er sich selbst. Und erforscht wieder ihre schmalen, beweglichen, schönen Hände. Wie konnte ihr all das passieren? ... Und fühlt plötzlich bei sich eine leise Ermüdung.

– Wie – und an all die anderen werden auch Frauen herantreten? Kein Mann bleibt einsam? Aber natürlich ... – lächelt er. – Was sind Sie doch für eine feine Beobachterin. Wissen Sie, Sie kommen mir so klug vor, so weltklug. Ich dagegen bin wie ein schüchterner Knabe, wie ein unerfahrenes Jüngelchen.

Wieder und wieder bricht Musik herein, schlägt an die Spiegel, an die hellen Wände und den Boden, hallt nach mit leichtem Klingeln in der dunkel gewordenen Tiefe der Fenster. Hat aber keine Macht mehr über den Saal. Wie oft sie erklang, ob schön, ob heiter oder traurig – jede Erinnerung fehlt. Schon sind Frauen an all die Einsamen herangetreten, alle Tische sind dicht besetzt, die Kellner biegen sich wie Puppen.

Was nun? Er zückt seine Uhr – zum wievielten Male. Die Schokolade ist ausgetrunken, sie möchte nichts mehr; das Gespräch wird immer unfreier, wie von jemandem eingeflüstert, von jemandem gelenkt. Jetzt irgend etwas klären, irgend etwas tun.

– Und? Was wollen wir unternehmen? – fragt er sie etwas verlegen und fühlt bereits seine Willenlosigkeit, seine Unfreiheit. Schaut auf ihre nicht allzu hohe Brust, auf die Kurven und Linien der Taille. Dort, unter diesem karierten, so dünnen Blüschen – ist der Körper, ist gleich der Körper. Er läßt sich entblößen, er kann berauschen. Warum berauscht ein Körper, warum werden Menschen füreinander zum – Köder? Dann wird das heute geschehen? Dann muß es wohl sein? Sie lächelt und neigt ein wenig den Kopf. Dann sagt sie also wirklich und wahrhaftig zu?

Er fühlt eine kalte Furcht. Im Donnern der Musik, in diesen entlarvenden Lichtern, in den abgemessenen Bewegungen der Leute liegt etwas Vorherbestimmtes, Machtvolles, dem nicht getrotzt werden darf. Ja, er sagte das, was er sagen mußte, was alle sagen, was jeder andere an seiner Stelle gesagt hätte ... Das heißt also – sich fügen, diesem körperlichen Köder hörig sein und schleunigst irgendwohin fahren – mit dieser Frau aus dem Kaffeehaus?

– Warum schweigen Sie, Margo?

Es ist schon klar – es gibt kein Zurück. Schließlich wartet sie schon, betrachtet sich als eingeladen, immerhin hatte er mit ihr den ganzen Abend lang zusammengesessen und sie somit anderen Männern vorenthalten. Ruhig und zerstreut blickt sie irgendwohin ins Innere, in das abgemessene Rumoren des Kaffeehauses. Etwas Kaltes und Machtvolles war jetzt auch in ihr sichtbar geworden.

– Wie sieht es aus? Fahren wir zu mir? – Er spricht unentschlossen, fragend, bedauernd. – Was meinen Sie – sollen wir fahren?

– Das müssen Sie wissen. – Und läßt wieder den Kopf tief sinken, und angespannt und nervös sind die schmalen Hände.

Endlich steht es fest. Es ist klar geworden. Ganz gleich – immer sich fügen – ob dem Zufall, dem Schicksal oder diesen seltsamen Gepflogenheiten des Kaffeehauses. Vielleicht sind auch hier irgendwelche kosmischen Gesetze am Werk. Und plötzlich wurde alles so leicht und so einfach. Es war so leicht, den Kellner zu rufen, es war wieder möglich, sich ruhig und selbstbewußt zu unterhalten. Sie stand schnell auf, richtete ihren Hut, warf sich eine feine, flauschige Federboa über.

Stehend wirkte sie größer, als man im Sitzen vermutet hätte. Reichlich abgemagert, war sie doch sehr wohlgestaltet. Und wie mit einer wahnsinnigen, kranken Königin schritt er neben ihr zur gläsernen Tür des Kaffeehauses.

*

– Merken Sie, daß ich zittere ... – sagt er zu ihr in der Droschke; sie wird es sowieso an seinem Arm merken, der sie umfaßt hält. – Glauben Sie nicht, das käme von der Leidenschaftlichkeit ... – fügt er spöttisch hinzu. Ja, das wäre in der Tat zu lächerlich – solch eine Ungeduld. Aber warum kann er das Zittern nicht unterdrücken? ...

Sie schmiegt sich bereits an ihn, gibt sich bereits mit diesem Anschmiegen hin, in dieser Geste, mit der sie sich auf seine Hand stützt. Das ist unangenehm. Das erinnert daran, erinnert zu sehr daran, daß all das nicht stimmt, daß all das erbärmlich, wahnsinnig ist. Oder sich für einen Augenblick fallenlassen, darin mehr sehen als nur die nackte Willenlosigkeit und Knechtschaft – sich mit dem Trug aussöhnen?

– Wie dünn Sie sind ... – sagt er, weiß Gott warum, und ergreift ihren Ellbogen. Vielleicht, um sich selbst deutlich zu machen, daß sie ihm nicht gefällt. Und wieder packt ihn das seltsame, fröstelnde Zittern. Verärgert zieht er die Hand zurück.

– Sie frieren nur. Es wird sich legen, wenn es wärmer wird.

Aus ihren Worten läßt sich eine Anspielung heraushören, und das ist unerträglich. Nein, natürlich kann er bei so etwas nicht leidenschaftlich sein, und dieser Körper, und dieser Köder – ist nicht für ihn.

Sie fahren, sie fahren – seitwärts sind irgendwelche Häuser, ein ununterbrochenes Geratter. Bei geschlossenen Augen wirkt es, als würde alles ringsherum donnern und beben. Aber der Himmel darüber – blau und leise. Er ist vergessen worden, obwohl dort die gestirnte Ewigkeit ist. Sterne sind indessen nicht zu sehen. Vorne die Laternen – wie goldene Spritzer, wie heilgebliebene Tropfen irgendeines flammenden Regens.

– Dann ... gehen also alle verlassenen Frauen zugrunde? – erinnert er sich. Rückt dabei ein wenig vor, um ihr in die Augen sehen zu können. – Alle ohne Ausnahme?

– Alle, alle ... – bestätigt sie mit einer gewissen Schadenfreude.

– Und alles nur wegen der Männer. Die Männer sind an allem schuld?

– Nein, es ist das Schicksal. Damit haben die Männer nichts zu tun.

Er blickte sie verwundert an. Das ist weise. Natürlich, überall, in allem – Schicksal und Unausweichlichkeit. Aber weiß sie eigentlich, wie sehr die Männer darunter leiden?

Die Droschke ist rechts abgebogen. Bald sind sie da. Und nein, es sind ja doch ein paar einsame, gleichsam frierende Sterne dort am Himmel. In der Gasse ist es dunkel. Nach einem dröhnenden Abgrund landeten sie in einer engen, dumpfen Schlucht.

Plötzlich, mit einer heftigen Regung, nähert sich sein Gesicht:

– Wir wollen uns küssen. – Sie wendet sich verblüfft um.

Er führt seine Lippen an ihren Mund. Ihr Mund ist feucht – gibt gern und willenlos nach unter dem Kuß. Es ist etwas Schamloses, Erbärmliches darin, auch Widerliches. Er zog die Lippen weg – und an ihnen scheint Fremdes zu kleben. Sie und sein Körper sind Fremdes; seltsam, sich die Liebe dieser Körper anzusehen.

Er warf den Kopf nach hinten, um näher am Himmel zu sein. Ja, diese Dächer, diese Hausfassaden – sind noch nicht alles. Die Welt – ist nicht hier, die Welt – ist schrankenlos. Und schon möglich, daß nirgends, von keiner einzigen Stelle aus – diese erbärmliche Erde zu erkennen ist, und die beiden Körper, die sich in einem rüttelnden Wagen umarmen.

*

– Das sind zwei Äpfel ... – lachte Margo und verdeckte mit den Händen ihre kleinen, ein wenig aufgerichteten, beinahe mädchenhaften Brüste. Träge schob er ihre Hände zur Seite. Schon fühlte er in sich irgendeine ruhige Macht, etwas Selbstsicheres, was einem Herrn eignet. Etwas Stärkeres als sie beide stand hinter ihm.

Ja, sie sind jetzt in seinem Zimmer. Seine Lampe brennt, seine gewöhnliche Arbeitslampe mit dem grünen Schirm. Ein wenig seltsam ist das ganze und zugleich – und das ist das Allerseltsamste – so vertraut, als wäre es schon einmal gewesen, als müsse es sein.

Sie blickt auf die Vorhänge.

– Ach, die Vorhänge zuziehen ... – errät er. – Weißt du, ich schlafe immer mit hochgezogenen Gardinen. Ich mag es, wenn morgens die Sonne ins Fenster schaut.

Sie betrachtet etwas auf dem Tisch. Er näherte sich ihr, nahm schweigend ein aufgeschlagenes Buch aus ihren Händen, setzte sie sanft in den Sessel. Öffnete noch zwei Knöpfe ihrer karierten Bluse, begann die Bänder zu lösen.

– Ah, da bist du ja ... – sagte er nachdenklich, während er ihre Brust entblößte. Dann ließ er sich in einer raschen Bewegung vor ihr auf den Boden sinken, drückte seine Wange an die weiße, glatte Brust, fühlte sich klein, still, gehorsam.

Begann, ihr Kleid hinten an der Taille aufzuknöpfen, und es fiel ihm schwer, die Untertaille vom Gürtel und vom Rock zu trennen.

– Was tun Sie? Was tun Sie da? – setzte sie sich halb zur Wehr. Und streckte sich zugleich aus, damit er es bequemer hätte – begann ihm zu helfen. Aber wiederholte noch einmal: – Was tun Sie? – Er hob den Kopf.

– Ach, nichts ... – brachte er hervor und verzog die Lippen. Das alles war – wie eine Parodie auf die Liebe. Selbst dieses Wehren, dieses – Was tun Sie da? – alles so, wie es sich gehört. Wie von Federn angetriebene Puppen bewegen sie sich im Raum. Und an tausend Orten geschieht ja jetzt haargenau das gleiche, wird das gleiche gesprochen, ist das alles ja mit äußerster Präzision – vorherbestimmt. Wo ist da die Freiheit?

In einer plötzlichen Regung beugte er sich zu ihrer Brust.

– Was für einen schönen Körper Sie haben, Margo. Glatt und weich. Wie aus Seide.

– Hat Ihre Geliebte etwa einen festeren? – fragte sie neugierig ...

– Und so stehst du also Modell?

– Nein, nur bis zur Gürtellinie. Meine Beine sind zu dünn.

Sie blickte sich unwillkürlich um und suchte nach dem Spiegel. Der Spiegel war unmittelbar hinter ihr, groß und dunkel. Er folgte ihrer Bewegung und blickte sich ebenfalls um. Dann, immer noch in den Spiegel schauend, zog er sie an sich, nahm sie auf seinen Schoß und begann wieder ihren Körper zu streicheln und zu pressen. Die beiden im Spiegel taten dasselbe. Etwas Fremdes und Absurdes war in allen Vieren. Es war seltsam, sich die Liebe dieser Körper anzusehen.

Sie rekelte sich auf seinem Schoß:

– Ach, wie langweilig Ihnen die Frauen geworden sind ... – sagte sie in gedehntem Singsang.

– Mir? Die Frauen langweilig? Denkst du wirklich? Sind andere etwa leidenschaftlicher? Andere, Margo, halten dich wohl nicht so lange auf ihrem Schoß.

Sie nickt, nur ein wenig, vielleicht sogar errötend.

Lächerlich. Sie denkt, ihm wären Frauen langweilig geworden. Oh, wenn sie nur alles wüßte, all die erniedrigende Leidenschaft kennen würde, die er so oft durchlitten hatte, und wie sehr er noch der Liebe hörig ist. Vielleicht hat er heute auch nicht ganz so gesprochen und gehandelt, wie es sich gehört. Margo, Margo, trotzdem ist er wie all die anderen, nur daß er etwas mehr sieht. Vielleicht hält er dich ja deshalb länger auf seinem Schoß ...

Aber im gleichen Moment erfühlt er in sich irgendeinen plötzlichen Entschluß, einen schon reif gewordenen Gedanken. Egal, was für närrische Gepflogenheiten im Kaffeehaus oder sonstwo noch herrschen. Er reißt sich unvermittelt von ihr los und beginnt im Zimmer auf und ab zu gehen.

– Margo, ich ... werde nicht ... – sagt er mit Nachdruck, bleibt ihr gegenüber stehen. Sie begreift nicht sofort. Dann errötet sie plötzlich und faßt schnell nach ihrer Bluse.

Es war qualvoll-ungemütlich, im Zimmer auf und ab zu gehen, abgewandt von dieser mageren Frau, die sich dort in der Ecke ankleidete. Wie bedrückend, wie absurd all das abgelaufen ist. Warum hat er sie denn hierher mitgebracht? Er kann doch unmöglich lieben, wenn er dafür zu einer von Federn angetriebenen Puppe mutieren soll, er kann doch unmöglich an dieser Parodie auf die Liebe teilnehmen. Aber er fühlte sich auch nicht als Sieger: Etwas Niederdrückendes und Schmerzliches belastete ihn.

Margo kleidete sich auf dem kleinen Teppich vor dem Spiegel an.

– Soll ich Ihnen helfen? – Er wollte, daß sie möglichst keinen Schmerz empfindet durch diese Geringschätzung ihrer selbst, ihres Körpers, dieses überflüssige Auskleiden, die abgewiesene Nacktheit. Hastig reichte er ihr die Röcke – mit schuldiger Miene und bedrücktem Gemüt.

Wieder ging er durchs Zimmer, schaute sie lange von weitem an. Warum läßt sich das nicht ganz kühl und klar und tiefgehend gestalten, warum läßt sich das nicht sagen, was so marternd ist und was sie nicht begreift? Es schwebte ihm schon vor: Jetzt auf die Knie fallen, sich erbärmlich vor ihr ausheulen – von seinen Sehnsüchten, seiner Hilfslosigkeit stammeln. Margo, Margo, er ist doch unglücklich; ihm ist die Liebe nicht langweilig geworden, er dürstet nach ihr, er ist krank vor Liebe, er ist ihr Sklave, dem keine Gnade gewährt worden ist, ihr hoffnungslos lechzender, stets betrogener Sklave. Tröste ihn, Margo! Tröste ihn. Margo ...

Statt dessen reicht er ihr die Haarnadeln und sagt leise:

– Sei mir nicht böse, Margo.

Sie ist ihm nicht böse, sie sprechen miteinander wie vorher, sie ist schon angezogen. Da steht sie wieder in ihrer Bluse, groß, schlank, sehr dünn. Große Frauen wirken oft wie Königinnen.

Aber warum betrachtet er sie? Reizt sie ihn etwa schon wieder? Hat er etwa schon wieder an ihre Brust gedacht – und daran, daß sich ganz nah, gleich unter dieser Bluse – ihr weißer, zarter Körper befindet? Vielleicht zittert er sogar schon wieder? ...

– Sei mir nicht böse, Margo.

Margo ist weggefahren. Es ist schwer, es ist traurig. Langsam und nachdenklich geht er im Zimmer auf und ab. Lange betrachtet er die Gegenstände, den Sessel, wo sie eben gesessen hatte. Sie hat einen wundervollen weißen Körper und Brüste wie zwei Äpfel. Es ist lächerlich, sich die Liebe unserer Körper anzusehen, aber an tausend Orten – wie von Federn angetriebene Puppen – vollziehen ja die Menschen das gleiche. Läßt sich denn dagegen ankämpfen?

Er tritt zum Spiegel. Schaut in dessen Inneres. Fremd und seltsam wirkt jetzt sogar das Gesicht. Spricht plötzlich laut, sich umsehend, mit unerklärlicher Furcht:

– Wenn du wüßtest, wie sehr ich dich jetzt begehre, Margo.

DIE FREMDEN

Schlank und maßvoll, als wäre sie an der Realisierung irgendeines wunderbaren Planes beteiligt oder in Bewegung gesetzt von einem verborgenen Antriebssystem, rotiert, vibriert, zieht ihre fließenden Kreise die Menschenmenge im Skating Rink. Es scheint – nichts kann die Schwingung, den kompliziert-fleißigen Mechanismus zum Halten bringen: Gib dich dem hin, beschreite die glitzernde Fläche – schon wirst du von mächtigen Kräften erfaßt und absorbiert, eingegliedert in diese alles regelnde, lautstark hin und her geworfene Welle ...

Sina sah bekannte Gesichter und versuchte aus der kreisenden Menge hinauszugelangen. Es war nicht leicht, den Lauf der Rollschuhe zu bremsen, nicht leicht einen Fuß vor den anderen setzend die Mitte des runden Saals zu erreichen, wo es nicht ganz so voll ist und der elektrisch erleuchtete Boden grell strahlt: von hier aus rollte sie in einer scharfen Kurve schnell und geschickt zum Geländer.

Vor dem Geländer, gerade vor sich hin nach oben blickend, stand ihre Freundin Manja mit ihrem stetigen Begleiter Gurytschow. Bei ihnen war auch noch irgendein hochgewachsener Student. Sie schienen überwältigt vom Licht, vom Lärm, vom ununterbrochenen Vorbeihuschen rollschuhlaufender Gestalten: ihre Augen hoben sich über die Menge und schwirrten entlang der bemalten Hallenwände.

– Ah, da ist sie ja ... – freute sich Manja, die Freundin erkennend. – Wir wußten doch gleich, daß du hier bist. – Und dann, rasch an den unbekannten Studenten gewandt: – Darf ich vorstellen ... Herr Schuchin, meine Freundin.

Sina gab ihm die Hand. Er begrüßte sie, krümmte sich tolpatschig und blickte ihr mitten ins Gesicht. „So eine Bohnenstange", dachte Sina.

– Was ist das hier bloß für ein Lärm ... – sagte Manja hastig, als wäre sie um etwas besorgt. – Und so viele Menschen, wie schrecklich! Tja, eine Mode eben. Aber der Raum hier ist wirklich sehr schön.

Alle sahen sich um. Ließen ihre Blicke schweifen – über die farbige Decke, auf der Kamele und tropische Palmen prangten, über die drapierten Wände, beschauten zerstreut die bunten Girlanden der elektrischen Lämpchen, die sich oberhalb der Seitenbalkone hinzogen.

– Nun, besonders elegant ist der Raum ja nicht ... – bemerkte Gurytschow mit Kennermiene. – Ich habe wesentlich mehr erwartet. Weder Stil noch Geschmack. Diese blauen Lämpchen sind einfach nur peinlich! Das einzig Gute ist der Boden. Schaut nur: der glänzt wie ein Spiegel.

Niemand antwortete ihm, obwohl alle zu Boden blickten. Weich erklang das Orchester. Schuchin rückte näher zu Sina.

– Dann sind Sie also eine passionierte Rollschuhläuferin? – fragte er leise. – Das macht Ihnen Freude?

– Sehr sogar! – Sie sah ihn übermütig an. – Und Sie selbst machen nicht mit?

– Nein, ich kann das nicht. Wir wollten nur zuschauen. Ich bin ja zum ersten Mal in so einem Skating Rink.

Schuchins Stimme war tief, beim Sprechen zog sich sein Mund merkwürdig in die Länge. Sina betrachtete ihn mit Neugierde.

Die Musik zerrann mehr und mehr. Ein saftiger Klang erfüllte den hohen Saal. Auf der Bahn sammelten sich weitere bereitwillige, rastlose, schwarze Gestalten. Dann trillerte ein leises und langes Signal, und ein Instrukteur, der Hofmarschall, rief etwas Unverständliches, Dumpfes.

Sina wandte sich wieder an Manja.

– Und du? Willst du heute nicht laufen? – fragte sie und maß unwillkürlich mit den Blicken ihre Figur. Manja zuckte leicht mit den Schultern.

– Nein, mir ist irgendwie nicht wohl ... – erklärte sie. Sah auch wirklich etwas fahl aus, und ein leichter Schatten lag ihr unter den Augen. – Wladimir Wassiljewitsch, gehen wir auf die Empore.

Aus den letzten, an Gurytschow gerichteten Worten klang eine gewisse übertriebene Korrektheit heraus. Es war zu spüren, daß sie unter sich anders miteinander sprechen.

– Gleich wird ein Film gezeigt ... – sagte dieser fröhlich. – Seit neuestem gibt es hier auch einen Kinematographen. Wir können aber auch von oben zuschauen. – Er faßte Manja unter.

– Was für ein Irren und Schwirren, was für ein Tumult, sehen Sie nur ... – Schuchin wies Sina auf die wieder erwachte Rollbahn hin. – Der wilde Puls des Lebens. Ich glaube, ich würde mich dort sehr unsicher fühlen. Und dann noch diese farbigen Strahlen von allen Seiten.

Sina fand ihn seltsam. Aus irgendeinem Grund war ihr sehr heiter zumute, und sie hatte große Lust zu lachen. Ihr Lieblingswalzer wurde gespielt: Trällernd begab sie sich in Richtung Bahn.

– Wir gehen nach oben ... – rief Manja bereits auf der Treppe zu Schuchin. – Wollen Sie mit?

– Gleich. – Er riß sich gehorsam von Sina los. Die fließenden Töne des Walzers verlockten. Die Rollschuhe laut auf dem Holzboden aufsetzend, war Sina auf der Lauffläche angelangt.

– Auf Wiedersehen ... – warf sie noch Schuchin zu, während sie in die geschmeidig gleitende Menschenmenge hineinrollte. Schelmisch lachend drehte sie sich kurz um. Die trocken klirrenden Rollschuhe trugen sie fort, fügten sie dem Gesamtfluß bei. Einer Meeresbrandung gleich, an den Felsen des Ufers zerschellend, umgab sie von überall her dieser unaufhörliche Lärm.

Sie beendete eine Runde und schaute hinauf zum Balkon, wo sie sogleich Schuchin erblickte. Ungeschickt tief über das Geländer gebeugt, sah er sie an.

*

Das Laufen macht Freude. Die Bahn ist auch wirklich großartig-glatt, glänzend, grau-gelb: darauf läßt es sich gleiten fast wie auf Eis. Leicht, unaufhaltsam scheinen die Rollschuhe hinwegzutragen: als hättest du Flügel oder ein freies beflügeltes Wesen im Rücken, das dich treibt, erfaßt und führt. Auf dem glänzenden Boden verworren-gespiegelte, schnelle, bewegliche Schatten der Laufenden und lange, liegende, strahlende Streifen von Licht. Und irgendwie ist alles so wirbelnd, so wirr: und zittert und bebt und lärmt – rasende Freude, rasende Hast!

Und immer wieder Musik. Aus irgendeinem Grunde wirkt sie so bunt: alle Klänge sind von satten, von grellen Farben durchtränkt. Es bereitet Freude, daß sie so klingt. Und wieder ein Walzer, ein wunderbar berauschender Walzer.

Sina ist jetzt mitten in der dichten Menge, dieser buntscheckigen, schwirrenden, überholenden Menge – zwischen den sausenden Gestalten, zwischen den aufgescheuchten Schatten, mitten in Glanz und Lärm. Und was für ein seltsamer Lärm: wie ausgeschüttete Kiesel oder von Wellen rastlos gewälzter, rieselnder Ufersand. Bei geschlossenen Augen glaubst du, von allen Seiten rausche ein ungestümes, unüberschaubares Meer. Aber das nur für einen Moment, dann klärt sich schon wieder alles: Unaufhaltsam gleiten die Rollschuhe fort, nach rechts, nach links – im stets schneller werdenden Lauf. Und jeder Schritt wird noch ungezwungener und größer als erwartet.

Dann wieder ein trillerndes, silbriges, zitterndes Signal. Unter den Laufenden entsteht eine leichte Verwirrung: sie halten, drehen sich um: Das Feld soll geräumt werden. Sie tummeln sich an dem Geländer und nehmen hervorgeschobene Restauranttische in Beschlag.

Auf der verstummten, leer gewordenen Fläche – der Instrukteur, ein hochgewachsener Engländer mit einer weißen Blume im Knopfloch: zeigt seine Kunst. Er walzert, dreht Pirouetten, biegt sich: jetzt wäre er fast gestürzt, jetzt macht er einen weichen Sprung – und wieder läuft er im schönen klappernden Trab. Wie mit winzigen Hämmerchen traktiert er den Boden. Ein anderer Instrukteur begleitet ihn von weitem und folgt eifrig all seinen Manövern.

Sina wird von Bekannten umringt, nach und nach sammeln sich ihre beständigen Verehrer – Rosenholz, Semjonow, Schischko. Drängeln sich um sie, betrachten den Instrukteur, machen ihre Bemerkungen. Sina interessiert sich nicht für deren Meinung, sie hört kaum hin. Manja, Gurytschow und Schuchin sind irgendwo oben geblieben.

Wieder ertönte ein Signal, und der Instrukteur verkündete, die Lauffläche sei jetzt frei. Sie wurde auch gleich wieder voll: ein Flitzen, ein Sausen, ein Lärmen. Und Sina stieß sich vom Geländer ab.

Mal mit dem einen, mal mit dem anderen zusammen läuft Sina. Die Arme verflochten, bewegt sich das jeweilige Paar leicht dahin. So oft wechselt sie den Partner, daß sie gar nicht mehr weiß, bei wem sie gerade ist. Alle flirten sie, alle reden sie irgend etwas, und mit allen macht es ihr Freude. Sina lacht ununterbrochen, redet selbst viel, und es kommt ihr vor, daß alles, was sie heute sagt, Freude macht und gut ist und ihren Kavalieren gefällt. Alles ringsherum ist wie ein farbiger Traum. Und so weit entfernt ist der Alltag, das Geschäft, wo sie arbeitet, die Familie. Noch nie zuvor hatte sie solch eine merkwürdige Freude auf dem Skating Rink empfunden.

Schischko ist wortkarg. Aber er läuft prächtig, und Sina lernt von ihm. Auch jetzt bringt er ihr bei, wie man auf einem Bein kreist, den holländischen Schritt macht und Polka tanzt.

– Keine Angst, keine Angst, nur keine Angst – ermuntert er Sina. – Sie fallen schon nicht hin. Mehr links, mehr links halten. Und stützen Sie sich nicht so sehr auf meine Hand. Sehen Sie, wie leicht es ist?

Lebhaft und bröckelnd spielt die Musik einen Pas de patinier. Schischko führt Sina flink, im fröhlichen, eilig gleitenden, schönen Lauf.

Rosenholz ist eifersüchtig.

– Ihnen scheint es ja heute besonders gut zu gehen ... – sagt er bedeutungsvoll.

– Warum auch nicht, wenn es mir doch Freude bereitet? – lacht sie mit verständnisloser Miene.

– Ich habe gestern Abend auf Sie gewartet ... – fügt er mit zitternder Stimme hinzu.

Sina gefällt, daß er sich ärgert und eifersüchtig ist. Wirklich angenehm: Du fühlst dich stark und wichtig. Er ist ja so verliebt, der Ärmste. Aber sie kann doch nicht ausschließlich bei ihm sein, ohne von ihm zu weichen, und immer nur nach seiner Pfeife tanzen!

– Sie dagegen sind auf einmal so griesgrämig ... – stellt sie triumphierend fest. – Wie kommt das? ... Kennen Sie Schuchin? Ich habe ihn gerade erst kennengelernt. Keine Ahnung, wann wir uns wiedersehen. Manja ist heute recht interessant, nicht wahr?

Semjonow, ein dicker Blonder, versucht sie zu unterhalten. Beteuert zwischen den Witzen, daß er heillos in sie vernarrt sei, und will herausfinden, ob sie Rosenholz liebt. Glaubt ihr nicht, wenn sie sagt: kein bißchen. Und doch ist es wahr, sie hat es heute klar erkannt. An der Estrade wies er sie auf Gurytschows Schwestern hin, zwei einander sehr ähnelnde dünne Fräulein in blauen

Seidenkleidern. Die Fräulein blieben unsicher auf demselben Fleck stehen. Sina meinte, aus ihren Blicken Verachtung herauslesen zu können. Und Schischko lebt, laut Semjonow, mit einer zahnlosen Generalin zusammen. Sina gefiel es nicht, wie er über seine Kameraden lästerte.

In einer Kurve, als sie beide etwas stolperten, griff er sie fest um die Taille, freilich zu hoch – so daß er ihre Brust berührte. Sina wandte sich ihm rasch zu und sah ihm forschend in die Augen. Er lächelte zärtlich. Auf der Stelle verärgert, riß sie sich los und rollte, ohne noch ein Wort zu sagen, schräg über die ganze Lauffläche zum Geländer.

*

– Darf ich Ihnen die Rollschuhe ausziehen? – Schuchin sagte das ziemlich unentschlossen. Und Sina wunderte sich darüber.

– Sie? Können Sie das denn? – Und dann kurzerhand: – Tun Sie es. – Humpelte schnell zur Bank und ließ sich hart darauf fallen. – Ich bin auch wirklich müde.

Schuchin sank vor ihr auf ein Knie.

– Wo ist denn Ihr Schlüssel? – Mit ernstem Gesichtsausdruck begann er, den Riemen zu lösen.

Sina mochte es, wenn er mit seinen großen, sehnigen Händen ihre engen Schuhe anfaßte. Wie ungelenk und gehorsam beugte er sich jetzt vor. Aus lauter Anstrengung schwoll ihm eine Ader blau auf der Stirn.

– Und was haben Sie so angestellt? – fragte sie ihn aus. – Nur dagestanden und zugeschaut? Wie interessant.

Nun sind die Rollschuhe ausgezogen: ein seltsames Gefühl von etwas sich Dehnendem, von Gehemmtsein und gleichzeitiger Leichtigkeit in den Beinen. Schuchin bittet sie, noch ein wenig bei ihm zu bleiben. Zusammen treten sie ans Geländer.

– Da schaute ich also zu … – sagt Schuchin langsam – und es kam mir vor, als sei diese Bahn – die Welt, oder als bewirke sie etwas Bedeutsames in der Welt. Wie viele verbindet sie, wie viele vereint sie, wie viele kommen sich hier vielleicht näher. Sind diese Begegnungen notwendig, oder ist alles – bloß ein Spiel des Zufalls?

Sina verstand ihn nicht sonderlich und fand keine passende Antwort. Aber das machte ihr auch nichts aus. Mit unwillkürlichem Staunen sah sie ihn an: betrachtete mit flüchtigen Seitenblicken sein Gesicht, das noch so unbekannt war und wie unzusammenhängend, auseinanderdriftend, wo jeder Teil einzeln, für sich hervortrat. Die Nase etwas gekrümmt.

„Er ist nicht schön …“ – dachte sie in einer plötzlichen Anwandlung von Zärtlichkeit – „nicht schön und außerdem eine Bohnenstange“.

– Da ist auch schon Maria Pawlowna … – unterbrach sich Schuchin.

Manja kam wie zuvor mit derselben Sorge und gespielten Lässigkeit im Ausdruck heran. Und hinter ihr, wie angeklebt, Gurytschow. Wieder maß Sina unwillkürlich ihre Figur mit den Augen. Sie gehen nach Hause. Auch Sina wollte jetzt aufbrechen.

– Darf ich Sie begleiten? – fragte Schuchin leise. Und wieder mußte sie ein wenig staunen. Er ist gar nicht so schüchtern, wie sie zuerst gedacht hatte. Aber alles, was er tat, wirkte auf sie immer noch unerwartet und seltsam.

– Bitte. – Und dann fügte sie grundlos hinzu: – Müssen Sie in dieselbe Richtung?

Mit Blick auf Gurytschow dachte sie: „Und wenn er sie doch nicht heiratet? Ach, Manja, wie konntest du nur!“ Sina war überzeugt, daß ihr selber nichts dergleichen passieren würde.

Plötzlich stand Rosenholz vor ihr.

– Wo waren Sie denn? Wir suchen nach Ihnen. Keine Rollschuhe mehr? Gehen Sie etwa?

Er schien verlegen.

– Grüßen Sie alle von mir. Ich muß los.

– Kann ich Sie nicht begleiten? – und mit erregter Stimme, leise: – Sina, wieso? Was soll dieser Wechsel?

Sina behauptet, es habe sich nichts verändert. Es sei alles beim alten. Aber gut, er könne sie ja morgen vor dem Geschäft abholen. Um sich auszusprechen. Auf Wiedersehn.

– Gehen wir ... – reichte sie Schuchin die Hand. Und erinnerte sich plötzlich daran, wie Rosenholz' Unterlippe gezittert hatte. Und fühlte kein Mitleid mit ihm.

Sie traten auf die Straße. Ein stiller, schimmernder, blaß versilberter Abend. Sofort zogen die farbigen Lichter, die schwankenden, fleckigen Schatten, der eisigweiße Schnee in deren Welt hinein. Die Straße schimmert, ruft, berauscht. Sie gehen eingehakt. Im Schädel schwirrt weiter der Walzer vom Skating Rink.

*

– Sie arbeiten? In einem Geschäft? – quetschte Schuchin sie mit seltsamer Hartnäckigkeit aus.

– Was kümmert's Sie? – staunte Sina. – Warum auf einmal so neugierig?

Doch unbeirrt stellte er Frage auf Frage. Wollte auch wirklich alles wissen: wie sie lebt, wer ihre Freundinnen und Bekannten sind, wie sie die freie Zeit verbringt. Und noch immer verstand sie ihn nicht sonderlich und musterte weiterhin sein Gesicht.

Er sagte seltsame Dinge.

– Ich denke, es steckt genug Kalkül hinter jeder Liebe. Als würde man erst die Vernunft um Erlaubnis bitten, sich berauschen zu dürfen. Es ist ein gegenseitiges Beschnuppern, eine Anpassung aneinander und führt nur bei vorhandener Gemeinsamkeit, Ähnlichkeit, Bequemlichkeit dazu, daß Liebe gestattet oder erfunden wird. Aber wenn Liebe, ungestüm und blind, zwei Menschen vereint, die nichts miteinander gemein haben, keine Entsprechung und kein Verständnis, die sich ganz fremd sind, die außer Liebe auch nichts zusammen tun können: Was glauben Sie, wäre die mögliche Folge davon?

Sina glaubte diesbezüglich rein gar nichts, hörte aber neugierig zu. Ihr gefiel der Klang seiner Stimme und die Art, wie er müde und angestrengt seine Lider senkte. Und es war angenehm, daß er von Liebe sprach.

Er hakte sich enger bei Sina ein, und wie unter dem Einfluß dieser Nähe änderte er plötzlich seinen Tonfall, sprach, was ihr nahe und verständlich war.

– Mir gefällt an Ihnen vor allem die Freude. Sie verstehen noch nichts. Ich habe Sie heute auf dieser Bahn wirklich bewundert. Sagen Sie, ist das sehr berauschend – das Rollschuhlaufen? Und bitte: lachen Sie doch einmal.

– Ha, ha, ha … – lacht Sina und kann sich schon gar nicht mehr zügeln. Das Lachen ist tönend, leicht, unaufhaltsam: ihr scheint, jemand lache aus ihr heraus.

– Dieses Lachen erinnert mich an eine alte Begebenheit … – begann Schuchin mit träger Stimme. Doch Sina unterbrach ihn plötzlich:

– Was ist denn das? Sehen Sie, was ist da passiert? – Sie streckte sich hoch, stellte sich auf die Zehenspitzen. An der Straßenecke sammelte sich schwarz und strömend eine Menge Volk an. Von allen Seiten Gedrängel, eine sich auftürmende unruhige Masse. Und mehr und mehr liefen zusammen: Frauen mit Handtaschen, bärtige Studenten, blonde, geflickte Kerle.

– Was ist denn da? Offenbar ist irgend etwas passiert? – fragte Sina mit wachsender Sorge und versuchte sich durchzuschlagen, stellte sich immer wieder auf die Zehenspitzen, um über die Schultern und zwischen die Köpfe schauen zu können. Niemand wußte etwas.

– Herrschaften, bitte Platz machen. Weitergehen, weitergehen … – bemühten sich Polizisten. – Brauchst du eine Extraeinladung? – richtete sich einer von ihnen wütend an einen Kerl in geflicktem Bauernpelz.

– Was ist denn los? Was ist passiert? – schallte es besorgt aus der Menge. – Jemand überfahren worden … – lief die Antwort von Mund zu Mund. Links auf den Schienen, wie ein Haufen glotzender Tiere, stand eine Reihe angehaltener Straßenbahnen.

Plötzlich fuhr die Menge auseinander und zwei Wachleute mit einem Hausmeister führten, unter den

Armen gestützt, eine Frau. Sie ging gekrümmt, als wäre sie zu schwach, den Rücken zu strecken, und ließ den Kopf seitlich herabhängen. Nein, sie wurde getragen: ihre Füße berührten den Boden nicht. Das ganze Gesicht war mit irgend etwas Dunkelrotem, Tiefscharlachfarbenem bedeckt, so unangenehm. Merkwürdig, daß man nicht gleich begreift, daß es Blut ist. Mit Blut waren auch die Arme und das Kleid überströmt.

Schuchin zuckte unwillkürlich zusammen und wandte sich ab.

– Oje, oje, gehen wir, ich will das nicht sehen! – schrie Sina auf und zerrte ihn am Ärmel. – Gehen wir, gehen wir schnell!

Aber Schuchin sprach bereits seelenruhig mit irgendeinem kleinen Nachbarn, auf den er von oben herabblikken mußte. Sina zerrte ihn erneut am Ärmel.

– Hat sich vor eine Straßenbahn geworfen ... – wiederholte er das soeben Gehörte. – Die Straßenbahn konnte noch bremsen ... – Er schaute erneut über die Menge.

Eine Weile schwiegen die beiden, in Gedanken versunken. Beim Gehen drehten sie sich noch zweimal zur Menge um, die sich lange nicht auflöste.

*

Sie saßen am Boulevard, umgeben von Schnee. Der Winter sproß weiß und silbern. Es ergriff und verzauberte das unverständliche erstorbene Reich. Die entblößten Bäume bedrängend flüsterten die Winde, mit dünnem Gepfiff flogen Stäubchen von Schnee flauschig auf. Dann war's wieder still und rätselhaft. Und es riegelte sich ab, dieses weiße Reich: Der dünne, ganz mit Schnee überklebte Drahtzaun wirkte wie eine starke Mauer.

– Frieren Sie nicht? – fragte Schuchin und warf Sina ein langgezogenes zärtliches Lächeln zu. – Ist Ihnen wohl? – Er nahm ihre Hand. – Nein, kalt ist das Händchen geworden. Es sollte nach Hause gehen. – Und er bettet das Händchen in den Muff.

Sina war verstummt. Er beugte sich zu ihr.

– So nachdenklich? Sie können diese Frau nicht vergessen. Ja … vielleicht war auch das die Liebe? Aber was will man tun? ...

Sina lächelte. Auf dem weißen Weg schwankten zwei schwarze Gestalten.

– Sehen Sie nur! – sie zeigte furchtsam in deren Richtung.

– Ich habe keine Angst ... – witzelte er ... – Also reden wir weiter. Wie ist denn Ihre Mama?

Statt einer Antwort sah Sina ihn an. Und wieder empfand sie diese unsägliche Zärtlichkeit für ihn: für sein Gesicht, seine Lippen, seine Hände, seine Stimme. Alles schien wie im Traum. Weiß und verzaubert sproß der Winter.

– Warum sind Sie so traurig? – wagte sie endlich zu fragen. Diese Worte sagte sie leise, wie etwas Trautes und Zartes berührend.

– Ich bin nicht traurig ... – wunderte sich Schuchin ein wenig. – Ich bin bloß abwesend. Und es ist langweilig mit mir. – Und dann, sich gleichsam entschuldigend: – Sie werden sich mit mir langweilen.

Er zweifelte schon gar nicht mehr daran, daß sie mit ihm zusammen sein würde. Und sie war ihm dankbar dafür.

– Überhaupt sind wir zwei so verschieden. Und auch kaum in der Lage, einander zu verstehen. Wir sind uns ganz fremd. – Träge zog er die Worte in die Länge. – Seltsam, daß wir von der Liebe zusammengestoßen werden.

Bei dem Wort „Liebe" geriet Sina plötzlich in schreckliche Aufregung. Aber sofort wechselte er das Thema.

– Wissen Sie, dieser Walzer klingt immer noch in mir nach. Was für ein Ohrwurm.

Sina fiel ein, daß es wahrscheinlich schon sehr spät war. Sie muß längst zu Hause sein, was sagt Mama dazu. Und morgen ganz früh zur Arbeit. Aber sie wollte jetzt nur äußerst ungern aufstehen und wußte: Ein Wort von ihm, und sie sitzt hier die ganze Nacht mit ihm zusammen. Wie etwas Lustiges, Kindisches fiel ihr auf einmal ihre frühere Liebe zu Rosenholz ein.

Plötzlich, leise, doch herrisch, umarmte er sie. Drückte sie an sich. Und sie erstarrte gebannt. Zweimal küßte er sie lange und innig auf den Mund. Sie schwieg verschüchtert. Wandte sich dann schwer atmend von ihm ab.

– Sei mir nicht böse, Mädchen. Das muß sein.

Aufgewühlt wollte sie jetzt nach Hause. Er bat und bat sie zu bleiben, noch ein bißchen mit ihm zu spazieren. Soll Mama sich ruhig ärgern.

– Es geht nicht ... – brachte Sina traurig hervor. Und blieb dennoch.

– Wie seltsam ... – sagte er, als sie die Bank verließen. – So schnell! – Und dann mit seinem langgezogenen Lächeln: – Existiert überhaupt eine erklärbare Liebe?

Sina war wie im Traum. Fühlte, daß in ihrem Leben jetzt etwas sehr Bedeutsames geschah. Als wäre sie plötzlich älter geworden. Nur in nebelhafter Entfernung konnte sie sich an den gestrigen Tag erinnern, an das Geschäft, an Mama. Wie an Dinge aus einem vergangenen Jahr. Und im Innern – diese verrückte, qualvolle Zärtlichkeit.

Zum Abschied gaben sie sich in ihrem Hauseingang noch einmal einen langen, fiebernden Kuß.

*

Zu Hause, beim Abendtee, dachte Sina immer wieder an Schuchins Gesicht, an den Walzer im Skating Rink, an Bruchstücke ihrer Gespräche. Mama, das Zimmer, die Schwester Ljuba, die kleinen Brüder, der glänzende Samowar – das alles war jetzt irgendwie lästig und fern. Sie hätte sich gern zurückgezogen, in Stille und Dunkelheit, um darüber nachzudenken, was ihr heute passiert war. Und es war ihr so viel Wirres, so endlos vieles passiert. Aber Sina hatte kein eigenes Zimmer: Sie schlief zusammen mit Ljuba hier im Eßzimmer und mußte deshalb warten. Ganz brav saß sie neben dem Samowar, im Schädel aber summte der Walzer von der Rollschuhbahn. Sina konnte sich kaum beherrschen, um nicht loszuträllern.

Endlich wurde der Samowar weggeräumt, und Mama und die Brüder gingen auf ihre Zimmer. Sina begann sich vor dem Sofa, auf dem sie schlafen würde, auszukleiden. Plötzlich, als sie das Korsett löste, fiel ihr die blutüberströmte Frau auf der Straße ein. Sina erschauerte. Warum ist das gerade heute geschehen, als sie das erste Mal mit ihm zusammen gegangen war?

Dann dachte sie an Manja und ihre Schwangerschaft. Wollte gerade noch einmal über sie staunen: Ach, Manja, wie konntest du nur. Aber das Staunen, das Befremden waren schon verflogen. Sie schaute sich an, halb nackt, im Hemd, und begriff plötzlich für einen Augenblick in vollkommener Klarheit, daß sie schon nicht mehr dieselbe war. Etwas hatte sich in ihr verändert, war in sie eingedrungen, beinahe war sie schon selbst so wie Manja. Und dies war mehr als nur eine Vorahnung. Für einen Augenblick fühlte sie sich als Frau, als Mutter. Erschrak, schloß die Augen. Und legte sich rasch ins Bett.

Hinter den geschlossenen Augen flimmerte die ganze Zeit der Skating Rink. Sausende, jagende, schnelle, sich kreuzende, sich vermischende Gestalten: Das fließende Licht der Lämpchen schien wogendes Wasser zu sein, und alle badeten, plätscherten leicht darin. Es erklang der berauschende Walzer, die Bekannten liefen und rollten heran. Dann das Signal: Die Fläche soll geräumt werden. Sina erkennt sich selbst, wie sie zum Geländer eilt. Aber was ist denn das? Dort begegnet ihr die gekrümmte Frau mit Blut im Gesicht und an den Händen. Doch Sina hat keine Angst: Voller Freude läuft sie zu ihr. Und in diesem Moment wird ihr bewußt: es ist Manja. Und im nächsten Moment: es ist sie selbst. Kurz leuchtet die Straße auf, die zusammengeströmte Menge und die Reihe angehaltener Straßenbahnen wie eine Meute glotzender Tiere. Und wieder erklingt der Walzer, trillert das Silbersignal, dreht der hochgewachsene Instrukteur mit der weißen Narzisse im Knopfloch Pirouetten. Und oben, ungeschickt tief über das Geländer der Empore gebeugt, Schuchin.

Die ganze Nacht träumte Sina vom Skating Rink.

MEINE SEELE

Du bittest, ich soll meine Seele vor dir offenbaren? Du möchtest vielleicht, daß ich sie dir schenke, meine Seele? ... Du glaubst wahrscheinlich, meine Seele sei eine sanfte Blume, die ihre Blätter voll Freude entfaltet, sobald du mir neugierig und zärtlich in die Augen blickst oder wenn du mir, deine Lippen von meinen trennend, trunkene Müdigkeit ins Gesicht hauchst? Doch meine Seele ist keine Blume, meine Seele ist anders.

Du hast doch die vielen Papierstapel auf meinem Schreibtisch gesehen, diese dicken Mappen und Portefeuilles, die schon so oft deine kindliche Neugier geweckt haben, diese Hefte und Blöcke, diese Zeugnisse langer Jahre, alle von vorne bis hinten bekritzelt? Hast du schon einmal darüber nachgedacht, was sie enthalten mögen? Meine Seele, meine lebendige Seele enthalten sie, jene Seele, die ich dir schenken soll wie eine duftende Frühlingsblume. Dann laß uns die alten verstaubten Papiere doch sichten, diese bekritzelten, eingerissenen Blöcke und Blätter. Du willst nicht, es ödet dich an? Du wirst niemals erfahren, wie meine Seele ist.

Ist dir schon jemals in den Sinn gekommen, daß ich meine Papiere und Bücher womöglich mehr liebe als dich mit all deiner fröhlichen Zärtlichkeit und all den trunkenen Küssen?

NATASCHA

Eine Etüde

Sie schluchzte verzweifelt, und hilflos zuckten ihre schmalen Schultern. Sie hatte den Kopf vornüber auf den Tisch fallen lassen, so daß ihr Gesicht nicht zu sehen war, eingewickelt in die Ärmel der entkräftet vor sich hingeworfenen Arme und das zerknüllte, durch und durch tränennasse Tuch. Von dort, aus diesem zerknüllten Tuch und den zuckenden Armen, brachen hervor sich häufende, leise, wimmernde Schluchzer, als würde jemand ersticken oder, ertrinkend, verzweifelt zum letzten Mal nach Luft schnappen.

Er schritt vor und zurück durchs Zimmer, immer auf derselben Stelle – vom Bücherregal bis zum Spiegelschrank an der gegenüberliegenden Wand. Seine Schritte waren unwillkürlich rasch, und scharf und heftig die Kehrtwendungen am Fenster. Das kommt wohl von der Erregung, denn er ist sichtlich erregt. Und noch bebt in ihm, mal enger werdend, mal wachsend, das Gefühl einer eisigen Strenge und Grausamkeit nach, weil er ihr soeben, den eigenen Willen qualvoll anspannend und aufzäumend, all das gesagt hatte, wovon sie jetzt so verzweifelt schluchzt. Als stumpfes, schmerzhaftes, dumpf anschwellendes Echo hallten in seiner Seele ihre Schluchzer, ihre trostlose Trauer ...

Da weint sie – seine Vergangenheit, sein Opfer, seine erstorbene Liebe. Entkräftet zucken die azurne Bluse und der durchsichtig-weiße Knopf auf dem Rücken. Er trat zu ihr, umarmte ihre Schultern:

– Natascha, ist gut. Was tust du dir an? ... Liebes, ich bitte dich, hör auf zu weinen. Du solltest dich schonen. Auch mir, Natascha, fällt das doch schwer!

Mein Gott, wie unpassend und wie grausam die Worte sind! Er umfaßte ihren Hals und versuchte behutsam den Kopf loszutrennen von diesen verkrampft ans Gesicht gepreßten Händen und dem nassen, zerknüllten Tuch. Doch Hände und Tuch folgten dem Kopf. Er setzte sich neben sie aufs Sofa und führte endlich mit sanfter, beharrlicher Anstrengung ihre Hände fort vom Gesicht. Das Gesicht – ganz rot, mit verweinten, geschwollenen Augen, naß die Wangen, und kläglich zuckt der sich ungehorsam verziehende Mund. Er drückte die Lippen auf ihre Wange:

– Was will man tun, Natascha, wenn das Leben nun einmal so grausam ist! Denn auch mir fällt das schwer und verursacht es unerträgliche Schmerzen ... Aber schon gut, es soll beim alten bleiben ... Ich bin dein, und nichts ist passiert. Hörst du, Natascha, nichts ist passiert. Es gibt keinen Grund zum Weinen ...

Sie aber schob ihn von sich, schluchzte laut auf und stürzte erneut mit dem Kopf vornüber auf den Tisch – als habe sie mit einem neuen, unerträglichen Schmerz noch einmal alles erfaßt, was passiert war. Während er – noch beim Sprechen – merkte, daß seine Worte verlogen sind, daß er hier rein gar nichts mehr ausrichten kann, daß alles so sein wird, wie es unabänderlich sein muß.

Er stand auf und begann wieder durchs Zimmer zu gehen. Wie ist das alles schrecklich und unerträglich! Und dennoch unumgänglich, was will man tun? – Schon wieder, zum hundertsten Male hatte er sich bemüht, das alles zu ordnen, einen Ausweg zu finden. Und nichts gefunden. Oh, er ist durchaus bereit, sich zu verstellen, durchaus bereit, bei ihr zu bleiben, krampfhaft das Vergangene umhegend, der mächtigen Lockung widerstehend! ... Aber würde es helfen? ...

Immer noch rasch und grausam waren die Schritte, er spürte in ihnen noch den Starrsinn und die Strenge, die er mit einer derartigen Anspannung heute von irgendwoher in sich gesammelt hatte für dieses Gespräch mit ihr.

Natascha hörte zu weinen auf und blickte jetzt trokken gerade vor sich hin mit geschwollenen, gleichsam nichts sehenden Augen.

Er blieb am Fenster stehen. Unablässig und qualvoll waren seine Gedanken mit stets demselben beschäftigt. Es schien ihm jetzt auf einmal, daß er selbst der Betrogene sei. Schließlich hatte er an diese Liebe geglaubt und wünschte sich keinen Bruch ... Und er will jetzt nicht mehr weiter grausam sein und Hiebe versetzen: er ist voll Mitleid und Schmerz ...

Doch wie von einem neuen Hieb getroffen, sank Natascha plötzlich wieder zusammen und bedeckte sich mit den Händen. Als wäre sie völlig verängstigt, suchte sie Schutz an der weichen Sofalehne. Er trat zu ihr, beugte sich über sie, legte ihr seine Hand auf die Schulter:

– Worüber weinst du denn? Es soll doch alles beim alten bleiben. Du hast doch gehört, nichts ist passiert. Nun beruhige dich, Natascha. – Und schon wieder fühlte er: Es wird niemals so sein, wie er und Natascha es sich wünschen, jedoch ganz anders – ohne Nachsicht mit ihnen und ihren Sorgen, er aber – muß grausam sein – zu ihr, seiner weinenden Liebsten.

Natascha erhob sich und ging in ihr Zimmer, schloß hinter sich die Tür. Nach ein paar Minuten trat er zur Tür und horchte. Alles still. Sie weinte nicht mehr.

Allein geblieben, rang er verzweifelt die Hände. Wollte aufschreien, wollte kläglich aufstöhnen.

– Was will man, was will man tun? – sagte er laut für sich.

Und wußte: Nichts läßt sich tun. Es gilt, den einmal gewiesenen Weg einzuschlagen. Schmerz zu bereiten, wenn du voll Dankbarkeit glühst, zu töten, wenn du Glück schenken möchtest ...

Er ging zu seinem Schreibtisch mit den verstreuten Papieren und Büchern.

Beim Anblick eines Heftes mußte er lächeln. Ja, das sind seine Arbeiten, seine Lieblingstheorien – die Moral des wahrhaften Ich. Oder lehnt er sie jetzt schon ab? Natürlich nicht – denn die Sittlichkeit ist eine Pflicht des Menschen sich selbst gegenüber, gegenüber dem eigenen wahrhaften Ich. Dessen Stimme ist das Gewissen. Wenn er jetzt dem Mitleid nachgibt – dann meldet sich sein Gewissen zu Wort, sein unterdrücktes Ich. Doch tut er es nicht, wird sein Gewissen ihn trotzdem quälen ...

Wo ist dann nur dieses Ich, dem man sich beugen soll?

Und schon wieder schritt er erregt durchs Zimmer, in immer gleicher Richtung – vom Bücherregal bis zum Spiegelschrank am Fenster ...

Plötzlich blieb er stehen. Aus dem Schlafzimmer kamen laute, verzweifelte, ächzende Schluchzer. Da weinte sie, seine Vergangenheit, sein Opfer und sein Verbrechen.

Er stürzte hinein. Sie lag bäuchlings auf dem Bett, verkrampft ins Kissen gegraben.

– Natascha, hör auf zu weinen. Es bleibt, wie es ist. Ich habe es doch gesagt, Natascha. Ich bin bei dir, ich bin dein! Waren wir denn nicht glücklich?

Wir wollen auch wieder glücklich werden. Alles wird gut sein, es bleibt beim alten. Denn ich bin dein, und ich liebe dich, Natascha, Natascha ...

VERÄNDERUNGEN

Mein Besuch schien Besputin außerordentlich zu freuen:

– Das nenne ich eine Überraschung ... ein wirklich seltener Gast. Haben uns lange nicht gesehen. Schön. Seit wann bist du in der Stadt? – Er sprach eilig, beinahe aufgeregt. Aber seine Stimme wirkte auf mich trocken und schroff. – Na, grüß dich, grüß dich. – Er war drauf und dran, mir einen Kuß zu geben. Für einen Augenblick berührten wir uns auch etwas verlegen mit den Wangen und den Mundwinkeln. – Wie hast du mich bloß gefunden?

Besputin ist mein Jugendfreund, und wir hatten uns eine Ewigkeit nicht gesehen. Dabei drückten wir einst fünf Jahre lang zusammen die Schulbank. Damals verband uns wohl einiges, und wir mochten einander wirklich gern. Aber bereits in der Universität, wo wir unterschiedliche Fächer studierten, trafen wir uns viel seltener. Nach dem Abschluß gerieten wir dann obendrein in zwei verschiedene Städte.

– Nun leg schon ab, laß uns plaudern ... – drängte mich Pawel freundschaftlich ungeduldig. – Komm, ich helfe dir. – Ziemlich ungeschickt begann er mir den Mantel auszuziehen. Öffnete weit die Tür ins Nachbarzimmer und ließ mich vorgehen: – Hereinspaziert!

Er hat deutlich zugenommen, der Pawel. Und obwohl Nase, Augen und Lippen noch ganz dieselben geblieben sind, war es doch irgendwie unangenehm, diese rundlichen Wangen und das gewichtige Kinn anzusehen. Auch das blonde Bärtchen wirkte befremdlich. Ich hatte Lust, ihm das alles vom Gesicht zu reißen, dann wäre es wie früher gewesen – etwas Liebes.

– Du hast dich aber ganz schön verändert ... – betrachtete mich Pawel seinerseits. Das war mir irgendwie unangenehm. – Bist ganz schön gealtert. – Die schroffe Stimme klang jetzt weicher und mitfühlender. – Und du kriegst, glaube ich, eine Glatze ... – lachte er plötzlich lauthals auf, in gespieltem Schrecken die Arme hebend.

Die Wohnzimmertür ging auf.

– Darf ich vorstellen ... – Pawel und ich erhoben uns von den Sesseln. – Meine Frau, Sofia Michailowna. – Vor mir stand eine hochgewachsene, recht schöne Brünette mit einem energischen Gesicht jüdischen Typs. – Ich meine, ihr kennt euch noch nicht? ... Sonja, das ist Andrjuscha Luchs, von dem ich dir so viel erzählt habe. Frisch aus seinem Kaff angereist ... Sie weiß alles von dir ... – fügte er in beruhigendem Ton hinzu. – Hast du denn mitbekommen, daß ich verheiratet bin?

– Ja, habe ich. Irgend jemand hat es mir gesagt. Ich meine, es war Schapowlenko. Er war doch bei uns in Mogilew und arbeitete dort bei der Zeitung.

– Ach so! ... Und wo ist er jetzt?

– Ich weiß nicht – vielleicht in Odessa. Eine Weile reiste er nach Turkestan und plante dort eine eigene Publikation.

– Setzen Sie sich doch etwas näher ... – sagte die Hausherrin freundlich und wies mir einen Platz am runden Tischchen vor dem Fenster zu. – Und? Hat sich hier vieles verändert? Sie kommen doch gerade aus Mogilew?

Es wunderte mich ein wenig, daß auch sie von Veränderungen sprach. Sie hatte so etwas Entschlossenes, Männliches an sich ...

– Warte ... – unterbrach uns Pawel. – Schapowlenko ... ich habe doch von ihm gehört. Ja, er ist in Odessa und treibt dort allerhand seltsame Sachen. Es heißt, er sei Redakteur bei einer Antisemiten-Zeitung. Auch eine Karriere.

– Ja, wohl etwas in dieser Art ... – preßte ich lustlos heraus.

– Das hätte ich niemals von ihm erwartet ... Weißt du noch, im Gymnasium? Er war ein begabter Bursche.

Ich schwieg. Und hatte nicht den flinken, braunen Gymnasiasten, sondern meine letzte Begegnung mit ihm in Odessa vor Augen: seine provokante Art – aus Angst davor, verachtet oder erniedrigt zu werden.

Pawel ließ nicht nach:

– Wofür macht er denn so etwas? Ich wüßte zu gern den Grund ...

– Wahrscheinlich für Geld ... – lächelte Sofia Michailowna verächtlich.

Ich wollte das Thema wechseln. Warum müssen wir, kaum daß wir uns wiedersehen, unbedingt von Schapowlenko reden? Ich wandte mich Pawel zu.

– Und wie geht es dir? Erzähl mal, wie du so lebst. Ich sehe, du hast dich bestens eingerichtet ...

Pawel folgte unwillkürlich meinem Blick und schaute sich im Zimmer um. Es war ein bequem und kostspielig ausgestattetes Herrenzimmer. Hinter dem beachtlich soliden Schreibtisch glänzten die schwarzen, spiegelnden Scheiben zweier Bücherschränke mit Schnitzereien.

Rote Seidentapeten an allen vier Wänden waren mit Bildern in goldenen Rahmen geschmückt. In einer Ecke standen weiche, verschnörkelte Möbel – offenbar bloß Dekoration. Ich trat vor das Bild, das am nächsten hing. Es zeigte Jäger bei einem erbeuteten Tier im Schnee, vom Lagerfeuer gerötet ...

– Wie ich so lebe? – fiel Pawel wieder meine Frage ein. – Ja, so einigermaßen. Ich arbeite vor mich hin. Führe eine Ehe, wie du siehst ...

Das Bild gefiel mir nicht. Ich kehrte zu meinem Platz zurück, um Pawel zuzuhören, der langsam in Fahrt kam.

Zuerst sprach er von sich und von seinem Leben, von den Geschäften (er hatte eine recht angesehene Anwaltskanzlei), dann erzählte er mir von Petersburg, von der hiesigen Gesellschaft und vom Theater. Ab und zu musterte ich sein Gesicht und wurde jedesmal von dem blonden Bärtchen, der fremden Fülle der Wangen und dem unbekannten Kinn in Erstaunen versetzt. Er sprach ganz wie ein Anwalt – laut, geschmeidig und wortgewandt – mit künstlichen Übergängen, sein Thema immer wieder variierend und den eigenen Worten lauschend.

In der Tür zeigte sich die weiße Schürze des Dienstmädchens. Sofia Michailowna erhob sich eilig und ging hinaus. Davor hatte sie aber ihrem Mann aufmerksam zugehört.

Pawel brach ab. Das alles, dieses ganze Treffen, war überhaupt nicht so, wie ich es mir auf dem Weg hierher gewünscht und vorgestellt hatte. Keine Spur von Freude, keine Spur von Vertrautheit, keine Spur von

Vergangenem. Anstatt die alten Tage einfach unverändert wiederauferstehen zu lassen, hatten wir uns mit unangenehmen Erinnerungen gequält.

– Weißt du, ich war ziemlich aufgeregt, als ich hierherging ... – gestand ich Pawel. – Der früheren Zeiten wegen. Es ist so viel mit dir verbunden.

– Ja, sicher ... – sagte Pawel ziemlich gleichgültig, als wäre er mit andern Dingen beschäftigt.

– Denkst du manchmal noch an Mary? – Ich fragte zaghaft. – An unsere blonde Liebe?

Ein Lächeln lief über sein Gesicht. – Aber ja ... Sie ist tot.

– Ich weiß. Schon lange. Wie hoch und heilig haben wir einander geschworen, keine zu lieben, nur sie allein! Wir glaubten, Mary auf ewig anzugehören. Und kannten sie dabei kaum. Ich meine, du warst ein paarmal bei ihr zu Hause zu Gast, und ich sah sie von weitem beim Schlittschuhlaufen.

Im benachbarten Raum, vermutlich dem Speisezimmer, waren verhaltene Stimmen und Schritte zu hören. Die Dienstboten, die den Tisch decken sollten, erhielten Anweisungen von Sofia Michailowna. Sie setzten den Tee an, stellten ihn auf den Samowar. Teller und Messer klapperten.

– Hast du keine Kinder? – fragte ich Pawel vorsichtig nach kurzem Schweigen und sah mich im Zimmer um.

– Und ob, ganze zwei – einen Jungen und ein Mädchen. Sie schlafen schon.

Der Türvorhang rauschte: Sofia Michailowna trat herein.

– Bitte zum Tee ... – sagte sie uns. Sofort standen wir auf.

Das Gespräch bei Tisch behandelte so ziemlich das gleiche. Wir sprachen über gemeinsame Bekannte, insbesondere über Klassenkameraden. Ich erzählte vom Leben in Mogilew, von meiner Familie. Und merkte: Das ist es nicht, wir haben verlernt, so wie früher miteinander zu reden.

Jedesmal, wenn ich Pawel ansah, war mir wieder danach, ihm diesen weiß Gott woher stammenden Bart und die Fülle der Wangen vom Gesicht zu reißen. Es war nicht greifbar, aber er war seltsam verändert. Aus irgendeinem Grund war mir die Anwesenheit seiner Frau lästig. Stand etwa sie hinter den Veränderungen? Ich schielte zu Sofia Michailowna.

Sie hat ein sehr energisches Gesicht und sieht Mary so gar nicht ähnlich. Einen Augenblick lang empfand ich sogar Mitleid und Eifersucht: Warum hatte sich Pawel mit dieser Frau abgegeben, mit dieser gewöhnlichen, viel zu durchschaubaren Frau hier am Tisch?

– Und sie ist eine Künstlerin ... – sprach Pawel von seiner Gattin. – Sie hat Malkurse absolviert. Sie will ausstellen.

Sofia Michailowna wurde leicht verlegen. Sagte, daß sie jetzt kaum zum Arbeiten käme, da ihr die Kinder die gesamte Zeit raubten. Wollte mir aber doch bei Gelegenheit ihre Skizzen zeigen.

Zum Tee gab es Käse, Eier, kaltes Roastbeef und Schinken. Alles vorbildlich serviert. An den Wänden des Speisezimmers hingen verschiedene Stiche.

– Was hast du da? – fragte ich.

– Ach, nichts von Belang. Reproduktionen. Und das hier stammt von einer Plakatausstellung: als Tapete gerade noch brauchbar. – Pawel ging zur Wand. – Das ist ein Steinlen. Und das hier ein Jossot und ein Chéret. Aber ich besitze auch gute Alben, wenn es dich interessiert, dann zeige ich sie dir.

Pawel war seiner alten Vorliebe für Kunst und Literatur treu geblieben. Im Wohnzimmer hatte ich flüchtig den neuesten Modealmanach sowie ein französisches Bändchen von Paul Adam erblickt. Aber auch auf diesem Gebiet kam unser Gespräch nur schlecht voran. Und allmählich wurde uns beiden klar, daß es der Unterhaltung eine beschwerlich zwanghafte Note verlieh. Am Ende redeten wir wieder von den Kameraden.

– Herzenberg? Der arbeitet mit mir. Auch ein Vereidigter. Verdient nicht übel, ist viel beschäftigt. Und hat unwahrscheinlich zugenommen. Rechtsberater bei der Lepjochin-Manufaktur.

– Wen hast du noch getroffen? Weißt du, wo Solotow ist?

– Nein, leider nicht. Daniel hat sich erschossen, hast du vielleicht schon gehört.

– Ja. Weißt du weshalb?

– Schwer zu sagen. Ich glaube, er war krank ... – Pawel dachte kurz nach und fügte leise und vielsagend hinzu: – Syphilis.

Wir schwiegen. Ich betrachtete Sofia Michailownas Portrait, das an der Wand zu sehen war. Dann fiel mein Blick auf Pawel, und ich stellte fest: Er hatte das gleiche Kinn. Mir wurde klar: Sie ist die Ursache seiner Veränderung. Wer weiß, wie stark eine Frau auf uns einwirkt, wenn sie sich uns hingibt! Und ich selbst bin ja auch verheiratet, folglich einem fremden Leben, einem fremden Körper und einer fremden Seele untertan. Nicht umsonst hatte ja Pawel bei unserem Wiedersehen ausgerufen, ich sei anders geworden. Ich begann über meine Frau nachzudenken, stellte mir vor, sie säße jetzt hier, an meiner Seite. Früher, als Braut, sah sie Mary ein wenig ähnlich.

– Ach, da fällt mir noch ein, was ich dir erzählen könnte ... – rief Pawel plötzlich und beinahe erfreut. – Alexejew! Erinnerst du dich an Alexejew? Stell Dir vor, wie ich ihn getroffen habe ...

Pawel war ein talentierter Anwalt und ein geschickter Erzähler. In seiner Jugend hatte er sogar Gedichte geschrieben. Vielleicht war das der Grund dafür, warum es ihm unmöglich war, die Dinge ganz schlicht und direkt wiederzugeben, ohne sie gleich in eine kunstvolle Form zu bringen. So auch jetzt.

– Ich komme eines Tages vom Kreisgericht. So gegen vier Uhr. Es fällt Schnee: so ein nasser, klebriger, schwerer, weißt du. Als wäre er von Erinnerungen belastet. Und wirklich ist solch ein Schnee für mich immer voller Vergangenheit. Genau so fiel er, als wir beide in Mary verliebt waren (Pawel warf seiner Frau einen lächelnden Blick zu). Genau so bedeckte er mich, als ich zur Bibliothek lief, um an meiner Examensschrift zu arbeiten. Und noch bei vielen anderen Gelegenheiten.

Diese Einleitung kam mir überflüssig und irgendwie auch unangenehm erdichtet vor. Aber ich hörte zu, ohne ihn zu unterbrechen.

– Plötzlich sehe ich an der Ecke der Maneschny-Gasse einen hochgewachsenen Herrn mit Uniformmütze und verschlissenem Mantel ganz merkwürdig auf dem Trottoir stehen und sich an alle Passanten wenden, sie sogar manchmal ein Stück begleiten. Nein, nicht begleiten, eher neigte er sich den Passanten zu und wich danach wieder zurück an die Mauer. Schnell wurde mir klar, daß er bettelte. Als ich näherkam, neigte er sich auch mir zu. „Darf ich um Ihre Aufmerksamkeit bitten ... – hörte ich ihn sprechen. – Ich habe meine Arbeit der Überzeugungen wegen verloren. – Könnten Sie mir vielleicht etwas aushelfen? ... Bin wegen eines Streiks entlassen worden“.

Ich sah erstaunt hoch (setzte Pawel fort), denn der Bittsteller war ziemlich groß. Sein Gesicht schien mir vertraut. Aber natürlich, ich kannte diese dicken Lippen und die hervortretende unkluge Stirn. „Alexejew“ – flog es mir sofort durch den Kopf.

Er erkannte mich nicht. Und als würde ich sein Tun nicht bemerken, reichte ich ihm kameradschaftlich die Hand (Pawel streckte jetzt tatsächlich die Hand aus). „Ich habe dich gar nicht gleich erkannt“, sagte ich. „Aber du mich wohl auch nicht. Ich bin Besputin, vom Gymnasium.“

Pawel hielt für einen Moment inne.

– Weißt du, er war etwas verlegen, aber auch nicht gewandt genug, um mein Spielchen mitzumachen. Also wiederholte er seine Bitte und erinnerte noch einmal an seine politischen Überzeugungen.

Ich war damals noch auf der Universität. Und, wie du weißt, selbst nicht reich. Also schaute ich weg und gab ihm irgendeine Kleinigkeit. (Pawel schaute nun auch tatsächlich weg und streckte rasch die Hand aus.)

Furchtbar, nicht wahr? Wir haben zusammen die Schulbank gedrückt!

Die ganze Zeit über gefiel mir Pawels Stimme nicht. Ihre Schroffheit klang irgendwie vergnügt. Ich war drauf und dran, ihn zu fragen, wieviel er seinem ehemaligen Klassenkameraden denn gegeben hatte. Zwanzig Kopeken? Mehr?

– Später sah ich ihn noch einmal auf der Straße. Wieder bettelte er. Aber diesmal erkannte er mich im voraus und wandte sich eilig ab. Natürlich bin ich weitergegangen.

Diese Erzählung bedrückte mich sehr. Ich wollte sogar möglichst schnell aufbrechen. Und die Besputins hielten mich auch kaum davon ab, baten nur, bald wieder vorbeizuschauen. Sofia Michailowna versprach noch einmal, ihre Skizzen zu zeigen. Pawel beteuerte, wie sehr er sich über unser Wiedersehen gefreut habe.

Als ich auf die Straße trat, fiel ein schwerer, nasser Schnee. Als bröckelte ununterbrochen der Himmel. Die harten, brüchigen Flocken schienen von Erinnerungen beschwert zu sein. Ohne mich umzublicken, ging ich bewußt rasch. Wozu am Vergangenen kratzen? Ich bin sowieso nicht mehr derselbe. Pawel hat sich verändert, die Freunde haben sich verändert, und ich habe mich auch verändert. Würde mich Mary jetzt auf der Straße wiedererkennen? Dabei ist die Straße so vertraut. Früher ging ich hier oft, ja, täglich vorbei. Hier habe ich gelebt und gedacht und gefühlt. Es schien, als träfe ich hier alles Vergangene an: die blonde Mary, den Selbstmörder Daniel und Schapowlenko, der sich verkauft hat. Wer ist der Große, der da an der Ecke steht? Etwa Alexejew, der seine ehemaligen Kameraden anbettelt? Und dieser unangenehme dicke Herr, der auf mich zukommt? Etwa Herzenberg, der Anwalt, Pawels Kollege? ...

Eine Unruhe ergriff mich auf sonderbare Weise. Und ich beschleunigte die Schritte. Sich bloß nicht umsehen, bloß nicht nachdenken.

Zu Hause, in meinem tageweise gemieteten, tristen Hotelzimmer angekommen, nahm ich eine Kerze und eilte zum Spiegel. Etwas zaghaft betrachtete ich mein Gesicht. Hatte es sich noch mehr verändert? Was ist in ihm vom Alten geblieben, und was wäre an mir unwandelbar? Unwillkürlich faßte ich mir plötzlich an die Stirn, ans Kinn, an die Wangen. Wenn sich alles verändert, was ist überhaupt von Bestand?

Hinter der dünnen Zimmerwand sang eine durchdringende Frauenstimme ein ums andere Mal: „Vergangen ist vergangen und kehrt nicht mehr zurück ...“ Und wieder von vorne. Dann fing die Nachbarin mit der durchdringenden Stimme an zu husten, dann lachte sie aus irgendeinem Grund auf, obwohl sie vermutlich allein war. Ihr Lachen war unangenehm und ähnelte sehr dem Husten. Im Fenster fiel immer noch Schnee.

VERWIRRUNG

– Es ist etwas äußerst Seltsames, was ich gerade erlebe ... – sagte Wladimir Stepanowitsch, mein alter Kumpel, während er einen Stuhl nahm und sich näher zu mir setzte. Wir kannten einander so gut, unsere Freundschaft war so über jeden Zweifel erhaben, daß wir ganz ungezwungen miteinander reden konnten und eine gewisse Ehrlichkeit gewohnt waren. Vielleicht mochten wir uns gerade deshalb und hielten von Zeit zu Zeit solche Begegnungen für notwendig. Jedenfalls überkam mich häufig der Wunsch, Wladimir zu besuchen, um ihm etwas von mir zu erzählen und im gemeinsamen Gespräch dem eigenen Leben nachzusinnen. Offenbar ging es ihm ähnlich.

Wladimir Stepanowitsch blieb nicht lange sitzen, er schob den Stuhl beiseite und begann wieder auf und ab zu gehen. Unwillkürlich folgte ich seinen Bewegungen. Das Zimmer, nur von der niedrigen Lampe auf meinem Schreibtisch erleuchtet, war dämmerig und auf geheimnisvolle Weise unwohnlich: Die Möbel und sämtliche Gegenstände darin wirkten irgendwie beziehungslos, unbefestigt, nach allen Seiten auseinanderdriftend. Als würde hier gleich alles die Anker lichten und irgendwohin forttreiben. Schwer lasteten die Schatten.

Wladimir Stepanowitsch ging seltsam gekrümmt und die Arme eingezogen: wie jemand, der friert. So bewegte er sich immer, wenn er aufgeregt war. Ich verstand es schon lange, seine Gemütszustände zu erraten. Und jetzt war in jeder Bewegung starke Nervosität zu spüren.

– Ich befinde mich gerade in einem äußerst merkwürdigen Zustand ... – wiederholte er. – Und er breitet sich aus, verfestigt sich irgendwie. Vielleicht bin ich auch krank.

Seine Kehrtwendungen an der Wand wurden stets heftiger und seine Schritte hastiger.

– Worum handelt es sich? – fragte ich, obwohl ich genau wußte, daß es eine ganz und gar überflüssige Frage ist, denn Wladimir Stepanowitsch würde mir sowieso alles erzählen.

– Worum es sich handelt? ... Um eine ständige Unruhe, um eine seltsame Erregtheit, die nicht eine Sekunde lang nachläßt. Und sie besitzt einen genau bestimmbaren Charakter: Erwartung. Immer und ewig erwarte ich etwas. Tagsüber, abends, nachts, zu Hause und auf der Straße, überall erwarte ich etwas Ungewöhnliches, das gleich geschehen würde. Aber – ich weiß nicht, was es ist. Vielleicht irgendein schicksalhafter Moment, ein scharfer Strich mitten durchs Leben ... Hast du schon einmal so etwas empfunden?

Er blieb vor mir stehen und sah mir ins Gesicht. Doch offenbar rechnete er mit keiner Antwort, sondern lauschte nur seinen eigenen Gedanken. Aus irgendeinem Grund fühlte auch ich plötzlich eine leichte Unruhe.

Wladimir trat näher an mich heran.

– Rundum verkehrt und dementsprechend erbärmlich erscheint mir mein Leben manchmal. Als wäre alles an ihm reiner Zufall. Und darum ist es eben etwas Wirkliches, nicht bloß Zufälliges, worauf ich jetzt warte. Ich gehe spazieren und achte auf die Gesichter. Wie aus

Angst, etwas zu übersehen, etwas entwischen zu lassen. Vielleicht könnte mich ein Stück Vergangenheit, das ich seinerzeit nicht zu deuten vermochte, noch einmal für einen Moment berühren, bevor es unhörbar vorüberzieht. Oder aber etwas vollkommen Unerwartetes, Fremdes, doch etwas, woran ich schon immer unbewußt gedacht habe und wofür mein gesamtes Leben nur die Vorbereitung war.

Jetzt schaute er hoch, als suchte er etwas in der Luft.

– Aber ich muß mich auf den Weg machen ... – unterbrach er sich überraschend. – Ich habe nämlich versprochen, gegen elf Uhr zu Hause zu sein. Donat wollte noch vorbeikommen. Begleitest du mich ein Stück?

– Gern ... – Ich kroch hinter dem Schreibtisch hervor. – Was du erzählst, klingt sehr interessant.

Wir zogen uns an. Mechanisch half er mir mit in den Mantel. Ich bemerkte, daß seine Mütze schon ziemlich zerschlissen und abgenutzt war.

Also gingen wir hinunter auf die Straße. Wir liefen fast ohne darauf zu achten, wo entlang. Ich war dort schon so oft vorbeigegangen, daß mir alles ringsherum trostlos bekannt vorkam. Nichts wahrnehmend glitt mein Blick über Mauern, Schilder und Equipagen. Es war dunkel, die Fenster der Geschäfte erblindeten: ihre zuvor glänzende Tiefe bedeckte sich und verschwand. Die Straße war noch recht belebt. Ich glaube, die Laternen brannten.

Wladimir erzählte weiter.

– Besonders seltsam ist das Gefühl, wenn ich nach Hause gehe. Als erstes schaue ich hinauf zu den Fenstern: Sind sie vielleicht erleuchtet? Öffne vorsichtig und besorgt die Tür: Ist jemand bei mir in der Wohnung? Und das, obwohl die Tür verschlossen ist und ich den Schlüssel bei mir trage. Beim Hineingehen werfe ich einen ängstlichen Blick auf den Sessel beim Fenster: Sitzt da jemand? Ich weiß nicht einmal, ob es eine Frau ist, die ich erwarte. Jeden Brief ergreife ich mit einem Schauer. Was ist drin? Wird er mein Leben verändern, die entscheidende Neuigkeit bringen? Und folgt nichts, dann fühle ich mich betrogen, bin zutiefst erschüttert, verzweifle. Wann ist es denn endlich soweit, wann? Die Tage vergehen, das Leben verrinnt: und alles noch genauso zufällig und verkehrt ...

Plötzlich stießen wir mit jemandem zusammen. Ins Gespräch vertieft, hatten wir nicht auf andere Fußgänger geachtet. Ich hob den Kopf und sah unmittelbar vor mir einen merkwürdigen, zerzausten Blonden gewichtig auf dem Trottoir stehen. Er sah uns stählern an – auf verwundert-nachdenkliche Art: als könnte er es nicht fassen. Ich glaube, er fluchte uns dann hinterher.

– Ein Wagen gefällig, der Herr? – rief heiter ein Kutscher.

– Nein, danke ... – mußte Wladimir unbedingt antworten.

Er ging recht schnell und mir immer ein Stück voraus. Wandte sich beim Gehen sprechend um. Und jedesmal empfand ich eine starke Abneigung gegen seine grünlich-gelbe, zerschlissen-weiche, tief über die Stirn gezogene Mütze. Im ganzen sah er, so aufgewühlt und zerstreut, schon ziemlich merkwürdig aus.

– Ich habe irgendwo einen erstaunlichen Satz gelesen: Unser ganzes Leben, lautete er, sei nur eine Reihe von versäumten Gelegenheiten ... Großartig ... – Wladimir wandte sich mir zu. – Hier stehen überall Häuser, darin sind Menschen, und vielleicht brauchen wir sie. Wir gehen vorbei, und die Häuser sind für uns nur tote Fassaden, etwas Lebloses, etwas für immer Fremdes ... Da: ein schwerer, breiter, schweigender Bau. Dabei lebt er ja, ist randvoll gefüllt, er wimmelt nur so von Menschen und Schicksalen!

Wie auf Verabredung blieben wir gleichzeitig vor einem riesigen Haus stehen. Düster erhob es sich über uns – ein gewaltiges, totes Massiv. Unwillkürlich blickten wir hoch. Einige Fenster waren noch erleuchtet – gelb-warme Flecken an einer erstarrten Wand. Wie viele Menschen darin führen uns unbekannte Leben! Wie viele von unseren Gelegenheiten sind hier versäumt! ...

Ich begann alles aufmerksamer zu betrachten. Wie seltsam, vage und fremd es auf einmal war. Und wo sind wir, auf welcher Straße? Wer kommt uns da entgegen?

Uns entgegen kam ein großer und dicker Student. Gleichmäßig wiegte er sich beim Gehen. Ich wollte ihn eingehend betrachten. Konnte die Gesichtszüge aber noch nicht erkennen, überraschenderweise stellte ich fest, daß er bei jedem Schritt Nebelschwaden ausstieß. Die heutige Kälte machte sein Atmen sichtbar. Sehr erstaunlich, ich hatte das vorher noch nicht bemerkt. Ich atmete selbst aus und erhielt genauso ein luftiges Wölkchen, das Rauch ähnelt. Das gleiche bei Wladimir und all den anderen ... Ja, selbst die Pferde verstecken im Maul Zigaretten.

Wladimir Stepanowitsch redete wieder los und hauchte zwischen den Wörtern weiße Schwaden aus.

– Du gehst auf der Straße, begegnest Frauen. Darunter – die Eine. Welche zu lieben dir im Leben bestimmt ist. Doch zufällig bist du nicht mit ihr bekannt. Also liebst du nur solche, die du kennst – und zwar genauso zufällig. Und Zufall wird dir zum Schicksal.

Ich betrachtete immer noch die Straße. Sie war ganz angefüllt mit einem blassen und feuchten Schatten. Nichts zu erkennen: nur fahle Flecken, in blendenden Linien fallendes Licht. Torkelnd gingen darin die Prostituierten, wie kirre Fliegen nach dem Gewitter. Sie schienen am nassen, glatten Pflaster festzukleben. Es roch nach Rauch.

Wir gingen auf die andere Seite. Dabei bemerkte ich, daß die Straße ganz übersät war von seltsamen, langen, huschenden Schatten. Sie kamen von überall her gekrochen, zogen sich ekelhaft in die Länge, als wollten sie jemanden packen. Gelangweilt klackerten Hufe.

– He! – schrie uns ein Kutscher grob an, der zu einem Portal einbog – wir machten ihm Platz. Unter dem hochgeschlagenen Verdeck der Droschke kam ein kleiner Mann hervor, lief um den Wagen herum und begann das Schutzleder auf der rechten Seite zu lösen. Dann half er einer hohen und schlanken Dame an seinem Arm auszusteigen. Wir blieben in einiger Entfernung stehen. Die Dame erschien mir schön. Ein eisiges, bleiches, zart ausgeschnittenes Gesicht mit feinen Brauen. Ein großer schwarzer Hut.

Sie schauten uns staunend an, aber sagten nichts zueinander. Wahrscheinlich sahen wir etwas sonderbar aus. Der Mann trat vor die Tür und läutete mehrmals.

– Gehen wir ... – rief ich Wladimir zu. – Hier gibt es nichts, was wir nicht schon einmal gesehen hätten ...

Doch bereits kurz danach wandte ich mich unwillkürlich um. Und ebenso Wladimir. In genau diesem Augenblick verschwanden die Dame und ihr Begleiter im Portal. Das Haus wurde wieder zu einer geraden und dumpfen Fassade.

– Wahrscheinlich sind die beiden vom Theater gekommen ... – teilte ich meine Gedanken mit. Dann gingen wir schweigend weiter.

– Was aber, wenn sie es war? – fragte Wladimir plötzlich und blieb vor mir stehen. – Was, wenn ich die ganze Zeit nur auf sie gewartet hätte? ... Vielleicht verbirgt sich in ihr mein unaussprechliches Glück? Ich aber bin hier einfach vorbeigegangen. Und sie ist mit einem anderen zusammen.

Seine gelbe Mütze rutschte zur Seite. Er sah recht erbärmlich und häßlich aus.

– Soll ich zurückkehren und mir die Nummer des Hauses notieren? – Seine Mundwinkel zuckten. – Aber das findet sich jetzt wohl kaum noch. – Seine Stimme zitterte seltsam. Wir marschierten weiter.

– Vielleicht bist du ja wirklich ein bißchen krank ... – sagte ich zu Wladimir, als ich ihm beim Abschied ins Gesicht sah. Er schien überhaupt nicht verwundert und kramte, nach dem Schlüssel suchend, lange in seinen Taschen. Ob er immer noch glaubt, jemanden auf seinem Zimmer anzutreffen?

Ich ging den gleichen Weg zurück. Die Wachleute in ihren Pelzen standen wie zu Säulen erstarrt. Prostituierte hakten sich bei Passanten ein, schwatzten und schnorrten sich Zigaretten. Und die ganze Zeit dachte ich an unser Gespräch und die Begegnung mit der Dame. Wie seltsam, wie vage – das Leben.

– Wohin so allein, mein hübscher Bengel? Komm mit zu mir. – Eine Prostituierte schnitt mir den Weg ab. – Komm mit zu mir, ich bin ganz schön blau!

Die rote, runde Laterne vor mir war plötzlich erloschen. Und Wehmut hatte mich erfaßt. Doch schon brannte sie wieder lichterloh mit triumphierendem Ausdruck. Wie eine entnervende Kinderrassel – fernes Droschkengeklirr.

Ich sah auf die Uhr. Viertel nach eins. Mir fiel ein, daß ich morgen zum Bahnhof mußte, um meine Frau abzuholen. Ich lebe mit ihr seit acht Jahren zusammen und begegnete ihr durch Zufall.

SCHICKSAL

Und wieder begann ich in all dem ganz deutlich irgendeinen bewußten, beharrlichen Willen zu sehen, der keine Rücksicht auf mein Glück oder meine Leiden nimmt und mich gestreng auf dem einmal von ihm gewählten, unverständlichen und mir fremden Weg fortführt. Und wieder fühlte ich mich kläglich und zerdrückt. Verzweifelt erkannte ich die eigene Machtlosigkeit und wollte dennoch Widerstand leisten, wollte dem tauben, mein Leben zerbrechenden Biest die Worte der letzten Verzweiflung und Empörung ins Gesicht schleudern.

Aber ich war müde, ich war machtlos – und mußte schlafen. Da träumte ich eine Stimme – schon seit langem sehe ich im Traum nur machtvolle Stimmen oder funkelnde Zeilen sich plötzlich vor mir ausbreitender Buchseiten. Die Stimme sprach aus mir.

„Oh, machtlose, klägliche, erblindete Seele – wie groß ist dein Wahn und wie wahnsinnig dein Verrat an dir selbst. Du hast dich so den Visionen hingegeben, hast dich so in das schemenhafte Gewebe von Geburt und Vernichtung verstrickt, daß dir das Seiende ganz entfallen ist wie auch die Empfindung deiner unauflösbaren Bindung zu ihm. Du hast dich selbst in lauter Schemen zerstückelt, von welchen du einen mal anbetest, mal mit deinem machtlosen Fluch belegst. Das, was dich unterdrückt, ist nur dein wahrhafter Wille, der dich ins Leben rief, der dein Wesen gestaltet und mit unbeugsamer Wucht deinen gesamten Lebensweg vorgezeichnet hat. Zerbreche die Götzen, denn, indem du sie schaffst, entfremdest du dich deinem besten Teil, machst ihn zu etwas Seelenlosem. Gib dich dem Schicksal hin, denn es ist weiser als deine Gedanken und Gefühle, denn es ist der Grund deiner Existenz als Einzelwille, an dessen Urgrund du wieder in das Chaos der Vorzeit tauchst. Gib dich dem Schicksal hin, und das Seiende wird dich umfangen, und Gott und Welt verschmelzen wieder mit dir ...“

FLIEDERDUFT

Auf meinem Schreibtisch fand ich heute einen Strauß von blühendem Flieder. Einen prächtigen, schönen, wohlgestalteten Strauß in einer durchsichtigen Glasdose mit Wasser. Als ich mich an den Tisch zu meinen verstreuten Papieren mit den angefangenen Arbeiten setzte, fühlte ich die ganze Zeit über den schmeichelnden, süßen, zärtlich-berauschenden Duft von blühendem Flieder.

Auch das ganze Zimmer war angefüllt mit diesem Duft, dem Duft des Frühlings, der Wiedergeburt, der smaragdenen, feuchten Wiese und der geheimnisvoll verlockenden Waldestiefen. Oh, wie süß und willkommen ist uns, den Söhnen der Stadt, dieser Duft, und was für zärtliche Träume weckt er in uns ...

Auf seltsame Weise erinnert mich dieser Duft an eine junge Frau, eine feinsinnige Frau mit einem elastischen Körper und strahlend-strengen Augen. Ich liebte sie so, wie sich nur eine Blume lieben läßt, innig, behutsam, entzückt. Ich liebte sie wie eine Blume, in deren Nähe ich mich wieder als Teil der Natur empfand, wie eine Blume, die mir Schönheit und Harmonie zugänglich machte. Ihre Seele war offen für alle Töne, für alle Gerüche, für alle Stimmen und Strahlen der sprießenden Welt, und wenn ich ihr in die Augen schaute, bemüht, durch diese ganz tief in ihre duftende Seele zu dringen, dann glaubte ich, selbst eine Blume zu sein, dann glaubte ich, daß meine Seele sich öffnet, warme Strahlen empfängt, daß meine Seele erblüht ...

Aber die Jahre vergingen. Und ich vergaß die junge Frau, die so sehr einer Blume ähnlich war, daß ich mir von ihr eine Wiedergeburt versprochen hatte und die neue Empfindung, Teil der Natur zu sein. Im Winter, beim Licht der elektrischen Lampen und Gaslaternen, vergaß ich, daß irgendwo Blumen leben und lebten. Und heute, nach Hause zurückgekehrt, fand ich auf meinem Schreibtisch einen duftenden Strauß von blühendem Flieder vor. Ein weicher, ein warmer, ein zarter Duft. Wie süß und willkommen ist er uns, den Söhnen der finsteren Stadt, und was für zärtliche Träume weckt er in uns …

IM TRAUM

... Ach ja, es ist Nacht, eben schlief ich noch, und dieses Warme und Enge, was mir die Kehle drückte und zum Aufwachen zwang, ist der Arm meiner Frau, die sich im Schlaf an mich schmiegt. Wie wunderlich unser Zimmer erleuchtet ist: weiße Lichtflecke auf dem Boden und den Wänden, während sich vom Fenster aus irgendein milchig-silbernes, durchsichtiges Spinnengewebe leise und zitternd ausbreitet. Ist es der Mond, der hereinplätschert, oder das Licht der Laterne, welche die ganze Nacht lang unermüdlich auf der öden Straße vor dem mittleren Fenster unseres Schlafzimmers wacht?

Wie geheimnisvoll und hell es in unserem Zimmer ist: bauchig und schwer stapeln sich vertraute Gegenstände über dem silbrig-mondenen Spinnengewebe: sie erscheinen jetzt besonders schweigend und still, vielleicht ein wenig gewachsen. Ich kann sogar genau das Gesicht meiner Frau erkennen, mit der rechten Wange angeschmiegt an das verrutschte Kissen: Sie schläft regungslos, die obere Lippe ist leicht erhoben, und das Gesicht wirkt erstarrt und irgendwie verändert. Sind es nicht diese dunklen Halbmonde der geschlossenen Wimpern, die ihm einen fremden und unbekannten Ausdruck verleihen? Ja, gewiß, ich bin eben erst aufgewacht, ich liege im Bett mit meiner Frau – alles übrige war ein Traum.

Wie fest sie schläft, und wie leichenhaft-ruhig sie ist. Sie schläft, und sie weiß nicht, wo ich jetzt war in meinem so plötzlich abgerissenen Traum ... Ach, wie rauschte der Fluß, wie wild, wie streng und stürmisch wirkte er im grün-blauen Dämmerlicht des fortgeschrittenen Abends! Es stürzten herab und flogen hoch die wirbelnden Wellen, die unüberschaubare Weite des Flusses aufbrechend, ihn in ein eintönig-rebellisches Brüllen verwandelnd, durchschwärzt-grau und blau. Ein frischer und schneidender Wind schlug mir ins Gesicht und zerraufte mein Haar, als Antwort auf sein Pfeifen und das Gedröhn des Flusses hätte ich schreien können – um auch meine Stimme in das wilde Lied der Befreiung zu mischen. Am anderen Ufer, auf Holzstegen, die immerzu von Wellen überschwemmt wurden, stand sie, der Schwarm meiner Jugend, und ein langes Tuch über ihrer Schulter zuckte heftig im Wind. Sie beugte sich vor, schwebte direkt über dem Wasser, sie ruft, schreit mir etwas zu, doch mit kollerndem Gelächter schleudert der Wind ihre Worte weit zurück. Rasch springe ich ins Boot, das Boot schaukelt, kalte Spritzer schlagen mir ins Gesicht. Ich rudere zu ihr, wippend im ungefügigen Boot.

Ja, so war es, ich ruderte zu ihr und kam immer näher und näher.

Da, schon wieder – diese kalten und schweren Spritzer, dieser heftige Wind, der mir Kleidung und Haare zerraufte und das Gesicht entzweischlug! Oh, wie schaukelt das Boot über den rasend bewegten und zornig brüllenden Abgründen und Gipfeln des Wassers! Aber schon bin ich nahe an den nassen Stegen, schon bin ich nahe bei ihr, die sich mir entgegenstreckt, die nach mir ruft, wie sie mich in meiner Jugendzeit niemals gerufen hatte. Ihr blaues Tuch flattert – gleich peitscht es mich mit seinem durchnäßten Spitzenzipfel. Das Boot machte eine schaukelnde Bewegung – und schon ist sie bei mir, schon rudern wir zurück, eilig und gleitend, ich küsse ihre heißen, feuchten, ihre atmenden Lippen. Sie hat sich an mich gedrückt, sie umarmt mich fester und fester, ich spüre die Enge ihrer warmen Hand auf meiner Schulter ...

Ach ja, du warst es, die mir im Schlaf ihre Hand auf die Schulter warf ... Ich habe wieder geschlafen. Erloschen ist der Mond, und doch ist es hell im Zimmer. Die Laterne brennt nicht mehr, und links auf der Straße ist Droschkengeratter zu hören ... Warum hast du dich bloß heute die ganze Nacht an mich geschmiegt und umschlingst jetzt immer noch meinen Hals mit den Armen? Du lächelst im Schlaf ... Sag mir, mit wem du jetzt bist und wen du gerade umarmst ...

IM GARTEN DES SOMMERTHEATERS

Wissen Sie vielleicht, wer das ist – dieses Fräulein, ganz in Blau, mit den glänzenden und nachdenklichen schwarzen Augen? Ganz in Blau – ich liebe Blau, es ist eine so strenge und verschlossene Farbe. Jeden Abend sehe ich sie hier – mitten in dieser gelangweilten, verweichlichten, nach Unterhaltung und Leben dürstenden Menge – ein Fräulein in Blau – hier, wo die träge Liederlichkeit und der müde städtische Frohsinn sich ziellos die Zeit vertreiben. Sie ist fremd hier, und ihre nachdenklichen Augen sprechen zu mir von Waldesdunkel, vom Geheimnis verwunschener Wälder. Sie ähnelt einem Maiglöckchen, das soeben dem feuchten Boden des schattigen Waldes entrissen und in ein lärmendes, vom verhetzten elektrischen Licht überflutetes Restaurant gebracht wurde. Im Vorbeigehen höre ich, wie sie heißt – Susanna. Mir gefällt dieser sanfte, harmonische Name, darin schwingt ein gewisser Akkord – Susanna.

*

Ihr Gang hat etwas Verhaltenes, Erschauerndes an sich, und Ihre samtigen schwarzen Augen etwas schreckhaft Besorgtes. Es ist seltsam, Ihnen hier zu begegnen, wo die Luft erfüllt ist vom Atem der steinernen Brücken, vom Knarren der Droschken und vom betrunkenen Klang des Cakewalk. Sie sind – ein Maiglöckchen, sehen Sie es ein – Sie sind ein Maiglöckchen, und erzählen Sie mir darum vom Geheimnis der Wälder und von Ihrem Gespielen – dem Frühling. Wissen Sie, ich habe es sogleich bemerkt, daß alle Sträucher und Bäume in diesem tristen, von elektrischen Lichtern trockengelegten Garten bei Ihrer Ankunft rätselhaft und verhalten erschauern. Sie alle erwarten von Ihnen die fröhliche Kunde von Ihrem Gespielen – dem eingekerkerten Frühling. Sie alle erwarten von Ihnen ein Wunder, das diese stickige Geisterstadt doch einmal zerstieben ließe, auf daß sie hier erneut erblühten – die ewig grünenden Gärten des freigewordenen Frühlings. Sie sind ein Maiglöckchen, Sie sind – ein Maiglöckchen, und nicht umsonst kommen Sie jeden Abend hierher. Ihr Name hat etwas Geheimnisvolles, ich liebe Ihren Namen – Susanna. Darin ist ein Aufatmen, vielleicht das Aufatmen des freigewordenen Frühlings, darin schwingt ein gewisser verlangsamt weicher Akkord – Susanna.

AM BOULEVARD IM FRÜHLING

Am Boulevard angekommen, blieb Sergej Iwanowitsch nachdenklich stehen. Irgendwie ist es doch schön hier: große, ringsum bezweigte Linden, dazwischen ein dunkler, ein gleichsam feuchter Schatten. Im grell grünenden Gras, unter dem krausen Dach der Bäume ist der Frühling so freudig spürbar. Aber das nur hier, auf dem abgelegenen Seitenweg: denn dort, in der Mitte, dort läuft die geschäftige Menge, dort ist noch immer derselbe Staub, dieselbe Straße. Dort scheint heute sogar Musik zu sein.

Sergej Iwanowitsch nahm auf der Bank Platz. Es frischt schon etwas auf. Oben der Himmel ist bleich und klar: so zart und so durchsichtig kann er nur im Frühling sein. Rechts jedoch, zwischen den hohen, weißen Häusern ist er mit gelb-roten Spritzern beschmiert, bekleckst mit Gesprudel der Dämmerung. Irgendwo draußen vor der Stadt verglüht noch der flammende Tag, die frischen Frühlingswälder sind wahrscheinlich prachtvoll bekrönt, verziert mit Gold.

Es ist traurig geworden. Den Kopf nach hinten gelegt, hatte Sergej Iwanowitsch begonnen nachzudenken. Wie seltsam: die ganzen letzten Tage ist er mit Erinnerungen beschäftigt. Unerwartet und hell taucht plötzlich ein ganzer Lebensabschnitt auf, werden wieder vergangene Kümmernisse und Wehmutszustände empfunden. Heute zum Beispiel fällt ihm dauernd ein anderer Frühling ein: nicht hier in der Stadt, sondern im jungen, flimmernden, lustvoll erschauernden Wald ...

Jemand war mit ihm zusammen dort, und alles ähnelte einem Traum. In der Erinnerung blieben zärtliche weiche Hände und die feine ausgeschnittene Bluse, blau wie der Himmel.

Weiter weg tauchten mehrere Gestalten auf. Vorne ein hochgewachsener Herr mit weit offenem Mantel, dann ein Student und hinten zwei Mädchen. Alle zieht es dorthin, in die lärmende, drängende Menge. Und von allen Seiten, auf allen Wegen eilt und strömt es dorthin – zum Hauptweg des Boulevards. Heute ist dort Musik, heute wird der Frühling gefeiert. Ein stiller Großstadtfrühling, ihm zu Ehren versammeln sich hier diese abendlichen Ankömmlinge, ihm zu Ehren erklingt zwischen den grünenden Bäumen ein festliches Orchester!

Sergej Iwanowitsch lauscht. Ja, es scheint schon begonnen zu haben, die Musik ist schon zu hören. Seicht und abgerissen kommt sie hier an. Und? Hingehen? Sich unter die Menge mischen, mit ihr leben? Dort sind viele Leute, dort sind die Frauen fröhlich und bunt gekleidet, dort ist die Liebe heiter und leicht.

Ein paar Laternen brennen bereits. Sie leuchten gelb und trübe an den Seiten der Wege: rücken an die Bäume heran, verstecken sich unter dem Laub, wie Menschen, die sich vorm Regen schützen. Das Laub rings um sie ist dunkel und dunstig, wie vom dichtesten Staub bedeckt.

Mit jedem Schritt vorwärts ist die Musik besser zu hören. Laut, scharf und aufgeregt wird sie allmählich. Immer mehr eilende und bekümmerte Menschen, und sie laufen alle in eine Richtung. Es scheint, als ob die Musik sie von allen Enden mit ihrem verlockenden Stöhnen dorthin ziehen und sie in die ihr allein hörige Menge einfließen lassen würde. Auch Sergej Iwanowitsch wird von der Musik angezogen. Schließlich ist er doch ihrem besorgten Ruf gefolgt.

Da ist er auch schon in der Menge. Sie ist mächtig und schwankend, unüberschaubar ist ihre Weite und unaufhörlich ihr Lärm. Nur langsames Schreiten ist möglich, wie bei allen anderen, wie die Musik es befiehlt. Die Menge erfaßt, schaukelt gemessen, engt ein und treibt an. Auf allen Seiten fremde Gesichter, Leiber, fremde Gespräche und Gedanken. Vielleicht ist das gut: um der Einsamkeit zu entfliehen? Vielleicht wird ja hier die Wehmut geheilt? ... Fügsam und voll Vertrauen gab er sich dem Willen der Menge hin.

Vorne, hinten, von allen Seiten her kommen Frauen. Warum sind ihre Gesichter freudlos, alles andere als festlich? Gleichgültig, träge und stumpfsinnig blicken sie vor sich hin. Und wie häßlich sie sind, wie unpassend zum Frühling. Männer laufen daneben – oder versuchen sie hastig von hinten einzuholen. Die Männer sind beunruhigt, sie flüstern irgend etwas beim Gehen, sie studieren schüchtern die Gesichter. Und alle, ob Männer, ob Frauen, sind voller Sehnsucht nach etwas und suchen es hier. Pausenlos blinzeln verwirrt die silbrigen Wimpern der Sterne.

Vorne geht eine junge Frau. Sie trägt ein blaues Jakkett, das sich herrlich um ihren Rücken spannt. In der Hand ein hübscher weißer Sonnenschirm. Vermutlich ist sie sehr schön und hat empfindsame, strahlende Augen. Und wäre es doch möglich, mit ihr ins Gespräch zu kommen, an ihrer Seite zu gehen! Seltsam zog sich das Herz zusammen, als sie plötzlich für einen Moment den Schritt verlangsamte.

Auf einmal brach die Musik ab. Der letzte Akkord zerbarst in der Luft in Tausende klingende Splitter. Es wurde gleich ruhiger, stiller, dunkler. Der Boulevard verlor an Kraft, sank zusammen. Offenbar hatte die Musik diese Menge bewegt, angetrieben, gezerrt. Über der reglosen, dunklen Menge wird trunken erblühen die Frühlingsnacht.

Dieses blaue Jackett ist unbegreiflich anziehend. Sergej Iwanowitsch läuft immer noch hinterher. Es erinnert ihn an etwas, wovon ihm wonnig und weh wird. Diese sanften Linien der Taille, diese weichen, ein wenig schlaffen Kurven – lassen ihn erbeben. Sergej Iwanowitsch wußte schon lange, daß ihn diese Linien an die Andere erinnern – damals im flimmernden Frühlingswald. Er fühlte sich seltsam erregt. Und wünschte sich und hatte doch Angst, der Unbekannten ins Gesicht zu schauen.

Erneut ließ die Musik die stillgewordene Menge lustig zappeln. Alles fuhr hoch. Als hätte man jedem nagelneue, gut aufgezogene Federn einmontiert. Und Sergej Iwanowitsch streckte sich aus und folgte entschlossen seiner Unbekannten. Jetzt hatte er sie schon überholt. Unter dem Hut mit blauen Blümchen blickte ihn ein gespitztes, pockennarbiges Vogelgesicht an. Gefällig und fragend lächelten farblose Augen.

Er wich zurück. Wandte sich eilig um und lief los, blieb aber gleich wieder stehen. Mit krankhafter Sorge, als suche er jemanden, begann er die Vorübergehenden eifrig zu mustern.

Schon wurde ihm klar. Er suchte ihre Linien, ihre Augen, irgend etwas, das ihr ähnelte, eine flüchtige Andeutung, eine vage Erinnerung an sie. Aber nein, es war nirgends zu finden, nirgends. Was für trübselige Erscheinungen haben sich hier am Boulevard versammelt! Die Frauen haben geschwollene, müde Gesichter, kränkliche Wangen, lüsterne Augen. Die Männer laufen ihnen nach aus lauter Verzweiflung ...

Da kommen schon Neue, bedrängen ihn, betrachten ihn im Vorbeigehen. Er will nur ein einziges Gesicht, nur ein einziges geliebtes Augenpaar, nur diese zarten, wonnigen Hände. Hier, auf diesem besudelten Boulevard sucht er nach einer Erinnerung an sie! Das schien sinnlos zu sein. Mit unerträglicher Schärfe klagte die Sehnsucht in der Brust.

Und plötzlich erkannte er voller Schrecken: Sie sind alle wie er. Sie alle sehnen sich hoffnungslos nach einer Anderen, nach einem Anderen. Sie alle sind zermartert von unerträglicher Phantasie. Lieben andere Augen, andere Hände. Tun so, als seien sie freiwillig hierhergekommen.

Es ist jetzt ganz dunkel und seltsam und unheimlich hier geworden. Wie ein riesiger, wühlender Leib kriecht und wälzt sich der Boulevard. Windet sich wie ein Schlangenungetüm, kommt jedoch nicht von der Stelle, von der eigenen Verwesung entkräftet. Unter den leichenfahlen Dächern der Bäume brennen trübe Laternen. Oder sind es nur gelbe Flecken auf dem Leib der riesigen Schlange, die in der eigenen Verwesung wühlt? ...

Auf dem dunklen Seitenweg ging er eilig fort. Die Menge und die Musik erstarben allmählich hinter ihm.

Stiller und stummer wurde jenes krepierende Schlangenungetüm. Kaum glänzten noch die Laternen – gelbe Flecken auf ihrem sich schälenden Leib. Da ist schon die Straße. Und sie ist schläfrig und trist. Und die Musik wirft ihm noch etwas Sehnsüchtiges, Trostloses, zermarternd Geträumtes nach. Besser nicht, besser nicht. Ohnehin zehrt die Sehnsucht zu sehr. Dumpf hallten auf der Straße seine eiligen Schritte.

Ihm entgegen kommt eine Prostituierte. Sie hat ein gedunsenes, grell rosafarbenes Gesicht und geschwollene Augen. Sie läuft humpelnd in einer plumpen, zerschlissenen Jacke. Sergej Iwanowitsch lief vorbei, ohne sie anzusehen. Plötzlich blieb er stehen. Blickte ihr lange nach. Einsam und kläglich taumelte sie in der Ferne der Straße. Er folgte ihr rasch, hakte sich bei ihr ein. Sie drehte sich um, schaute ihm ins Gesicht, lachte laut und sinnlos. Zusammen gingen sie zur nächsten Straßenlaterne, vor welcher ein Kutscher döste.

Silbrig aufleuchtend rollte zu diesem Zeitpunkt über den Himmel ein fahler Stern.

IN DER GROSSEN STADT

Komm näher, gehe nicht von mir fort. In dieser grenzenlosen, in dieser monströsen Stadt bist du die Einzige, die mich versteht, die Einzige ohne Fremdheit und Gleichgültigkeit.

Wohin sollen wir uns begeben? Verlassen ist jetzt der Bahnhof, der unermeßliche, donnernde, sich verzückt in die Höhe erhebende – diese steinern-gußeiserne Pforte der Stadt. Verlassen ist jetzt der Bahnhof, doch in unaufhörlichem Widerhall lebt alles noch im Schädel fort, das Heulen und Getöse seiner Züge mit zahllosen flimmernden, grell erleuchteten Fenstern. Wir stiegen die steinernen Stufen hinab, und schon sind wir in der Stadt, im unaufhörlich schlagenden Herzen der unermeßlichen, mächtigen Stadt. Mit weißen wirbelnden Dampfschwaden um sich werfend, im Takt tönend, auf bebenden Brücken, über unsere Köpfe hinweg, fahren allaugenblicklich sich schlängelnde Züge vorbei, und in der Erde, sich gleichsam durch den massiven Fels ihre Wege bahnend, dröhnen dieselben Züge – länglich und flink, ähneln phantastischen, feuergefleckten Schlangen.

Oh, in welche Weite trug uns die Straße fort, diese machtvolle, aufgeputzte, tadellos gerade verlaufende, die mit ihrem glatten Asphalt die sie überquerenden Menschen und die auf ihr gleitenden Automobile spiegelt! Sogar die Häuserkolosse, die zu beiden Seiten groteske und jubelnde Steinklötze häuften, treiben sie nicht in die Enge ...

Ein dumpfes Rascheln der Menschenmassen – ein Rascheln der Schritte und verschmolzener Sprachen. Nicht versiegende Menschenmassen – ein einziger Strom, zitternd, regsam und laut ...

Du herrschende Stadt, ich fürchte mich! Du versperrst mir die Welt, du verdeckst mir Gott. Denn ist da ein Gott und sein göttlicher Wille – dann trotzt du Ihm und verhöhnst du Ihn, und so mußt du vom Erdboden schwinden mit all der gußeisernen Macht deiner Bahnhöfe, mit all der Pracht deiner Straßen und dem verzückten Gebrodel des Lebens! Du aber prangst noch, versperrst die Welt und drohst dem Himmel mit den scharfen Spitzen deiner Türme ...

Die Straßen ziehen sich endlos hin, stets neue und andere, immer bizarrer und unbegreiflicher ihre Verflechtungen und Verbindungen. Wie Blutbahnen oder gespannte Nerven vom Gebrodel durchpulst, tragen sie auch uns in das flammende Zittern eines verzückten Lebens. Wo sind wir, wo sollen wir hin? Wir zwei – verloren im Herzen der thronenden Stadt. Gehe nicht von mir fort, komm näher. Du, die Einzige, die mich versteht, die Einzige ohne Fremdheit und Gleichgültigkeit.

UNTREU

Putilow stand am Fenster seines Schlafzimmers. Was für eine stickige, was für eine quälende Nacht! Wie soll man da einschlafen, wenn einem förmlich die Luft ausgeht! Es ist schon zwei Uhr, aber noch immer keine kühle Brise ...

Den Kopf vorsichtig durchs Fenster gestreckt, sah sich Putilow im Garten um. Es ist dunkel und still. Die Bäume – ganz schwarz, und die Stämme, als wären sie jetzt noch dichter aneinander gedrängt, ineinander verschränkt: sie treten kaum aus dem Dunkeln hervor – ein einziger schwerer Haufen. Am Himmel ist es herrlich: alles mit Sternen übersät, wie mit großkörnigem, silbernem Sand.

Hinter dem Rücken im Zimmer regte sich etwas – Putilow zog den Kopf durchs Fenster herein und schaute rasch hin. Es war seine Frau, die sich schlafend im Bett gedreht hatte. Aber sie ist schon wieder regungslos, nur ihr sich langsam dehnender Atem ist lauter geworden. Im Dunkeln zwischen den Kissen ist sie fast nicht zu sehen. Sich leise dem Bett nähernd, begann Putilow seine Frau zu betrachten. Sie schlief auf dem Rücken, Kopf und Arme schmachtend zurückgeworfen. Wie dicht und schwarz wirkt ihr Haar, auf die Stirn gesunken und über das Kissen verteilt. Der Mund leicht geöffnet: ihr ist sichtlich zu heiß. Und dennoch schläft sie ruhig und fest, während er keinen Schlaf findet, und fürchterlich quält ihn diese stickige Nacht ... Plötzlich schlug sie die Augen auf. Putilow wurde im ersten Moment sogar verlegen: dann ging er zum Bett und setzte sich teilnahmsvoll auf den Rand ...

– Hast du etwa nicht geschlafen? – fragte er verwundert. – Warum bist du aufgewacht?

Sie schien sich noch nicht ganz vom Schlaf befreit zu haben, begriff noch nicht recht, was mit ihr ist. Ihr Gesicht erschien verwirrt und selig-verlegen. Als würde sie im stillen den in ihr noch schwelenden süßen Träumen zulächeln.

– Doch, ich glaube, ich habe geschlafen ... – dehnte sie sich schließlich gedankenverloren. Dann, als fiele ihr etwas ein, streckte sie ihre nackten, weißen Arme aus und umschlang seinen Hals: – Und du, wieso legst du dich nicht hin? Komm her.

Die enge, warme Umschlingung wirkte unangenehm.

– Hör auf, Lida ... laß mal ...

Er riß sich vorsichtig los und ließ ihre Arme fallen ... Schon schlossen sich ihre Augen wieder. Erneut sank sie unter die Decke und drückte die Wange ans Kissen. Einige Minuten später schlief sie bereits wieder.

Er blieb noch eine Weile über ihr sitzen und ging dann ebenfalls zu Bett. Jedoch konnte er immer noch keinen Schlaf finden: die Sorge legte sich nicht. Neben ihm atmete schwer und gleichmäßig seine Frau. Er hüllte sich sorgfältig in die Decke, als wolle er sich vor ihrem Leib schützen. Die Decke war bereits warm von diesem Leib. Und im ganzen Bett die gleiche trokkene, ärgerliche Wärme.

Einige Minuten später setzte er sich wieder auf. Betrachtete das Zimmer mit aufmerksamem Blick. Es war darin schon nicht mehr so dunkel. Die Fenster traten hervor: gefüllt mit fahl-grünem Vormorgenlicht. Irgendwie fern, zauberhaft-wäßrig schien dieses Licht zu sein. Als würde sich der Morgen, ganz geheimnisvoll, ganz angefeuchtet, aus der Meerestiefe erheben. Deutlich war die Kühle zu fühlen, die durchs Fenster gezogen kam ...

Die besorgten, wirren Gedanken wollten sich nicht beruhigen. Unerwartet begann Putilow über den gestrigen Tag nachzudenken, den er in der Stadt verbracht hatte, über die Bekannten, die ihm dort begegnet waren. Gestern im Kontor hatte ihn Anna Alexejewna besucht. Mit Freude erinnerte er sich daran, wie elegant und schlank sie doch ist. Ihre hochgewachsene Figur ist ein einziger ungestümer Schwung und ein unfaßbarer Stolz. Er schloß die Augen und versuchte sich ihre schmalen, kühn gebogenen Brauen und das hochmütige Lächeln vorzustellen. Er erinnerte sich daran, wie er gestern, den strammsitzenden Handschuh mit Mühe ausziehend, ihren Arm geküßt hatte.

Aufgeregt begann er im Zimmer auf und ab zu gehen. Ja, sie ist schön, sie gefällt ihm, er liebt sie. Wozu es also noch länger vor sich selbst verheimlichen? Er liebt seine Frau nicht mehr, das steht fest. Was soll er jetzt tun? Rührt etwa daher diese quälende Unruhe, diese Schlaflosigkeit, der Abscheu vor den gewohnten, fade gewordenen Zärtlichkeiten? ... Schließlich gehört er bereits einer anderen.

Es war schon ganz hell im Zimmer. Der Himmel im Osten – klar und fahl-grün, alles ähnelte einem veränderlichen, zarten Opal. Die Erde im Nebelschleier. Jetzt gibt es sogar Kühlung von den offenstehenden Fenstern her. Da begriff er plötzlich mit voller Klarheit, daß er ja bis jetzt noch gar nicht geschlafen hatte. Dabei muß er am Morgen wieder in die Stadt. Was soll er denn tun, wann sich ausruhen? Er wurde beinahe von Verzweiflung gepackt. Während Lida noch genauso schlafend und sorglos atmet: nur daß sie jetzt die Decke bis über die Schultern gezogen hat ...

Unwiderstehlich war jetzt plötzlich der Wunsch da, sie zu wecken, mit ihr zu sprechen. Wozu – das wußte er nicht. Vielleicht, um sich mit ihr ein für allemal auszusprechen, vielleicht aber auch nur, um sich über seine Schlaflosigkeit zu beklagen.

– Lida ... – rief er, möglicherweise noch bevor er es wollte. – Ich kann nicht einschlafen. Wach auf, Lida ...

Er berührte ihre Schulter. Unzufrieden wälzte sie sich herum, drückte seine Hand weg, erhob sich ein wenig und verbarg sich, ohne aufgewacht zu sein, schon wieder in den Kissen.

Er schob ihr die Hand unter den Rücken und begann sie – wie von etwas Schwerem loszerrend – vom Bett zu heben.

Endlich öffnete sie die Augen: schaute ihn starr, voll Verblüffung an, als würde sie ihn nicht sogleich erkennen. Er legte sich zu ihr ins Bett und redete los von seiner unerklärlichen Unruhe. Sie hörte ziemlich gleichgültig zu, ihn die ganze Zeit unverwandt ansehend.

– Schlaf doch einfach ... So wirst du bestimmt einschlafen ... – sagte sie schließlich, seinen Kopf auf ihre Brust ziehend. Mit der anderen Hand faßte sie ihm sanft an die Schultern. Er lag unbewegt da. Jetzt streckte sie sich vor und preßte sich an ihn: Lippen an Lippen. Er beantwortete ihren Kuß nicht. Sie umarmte ihn fester.

– Nein, küß du mich, hörst du? Nicht so ... küß mich selbst ... – faselte sie, die Augen schließend.

Offensichtlich erzwungen, küßte er sie rasch und rückte daraufhin von ihr ab. Sie sah ihn verwundert an, drehte sich dann schroff zur Wand und begann mit beleidigter Miene die Tapete zu betrachten. Sofort tat sie ihm leid. Es wurde bedrückend still. Als könnte sie jeden Augenblick losweinen. Er fühlte sich schuldig: wollte sich gern mit ihr versöhnen, lieb zu ihr sein.

– Lida, sei mir nicht böse, hörst du ...

Er berührte ihre Schulter.

– Also, Lida, bitte ... Warum denn auf einmal ... – Er staunte selbst, wie hilflos das alles doch wirkte. Sie tat, als hörte sie nicht.

Damit es zärtlicher aussah, umarmte er sie, bemüht, sie zu küssen. Sie rückte schroff an die Wand. Jetzt war sie es schon, die ihn fortstieß, die keine Zärtlichkeiten mehr wollte. Wie seltsam, wie widersinnig das doch war. Endlich gab sie nach, drehte sich ihm zu. Erlaubte ihm, ihre Lippen zu küssen, ihre verweinten Augen. Als Zeichen der Vergebung umarmte sie ihn nun selbst und rückte näher. Jetzt sind sie wieder beieinander.

Sofort fiel ihm Anna ein. Warum ist nicht sie mit ihm zusammen? Er liebt sie und muß hier mit einer anderen sein. Unverständlich und widersinnig erschien ihm diese Untreue.

– Du bist mir doch nicht mehr böse, nicht wahr? – flüsterte er zu seiner eigenen Überraschung und umarmte Lida. – Ich liebe dich doch ...

Sie lächelte glücklich.

Er schloß die Augen. Versuchte sich vorzustellen, in seinen Armen läge jetzt Anna.

Es ist eine Wonne mit ihr!

EIN SOMMERABEND

Am offenen Fenster sitzt eine junge Frau. Es ist Abend: Vom Fluß her zieht Feuchtigkeit auf. Die Sonne ermattet und wird rot. Gleich wird sie sich hinter dem Wald verbergen.

Die junge Frau sitzt schon lange am Fenster. Es ist so wohltuend, die frische Abendluft einzuatmen. Sie löst die Zöpfe – die schweren, schwarzen Zöpfe. Einer davon ist über die Brust geschwungen, der andere hängt hinten schwer herab. Die Brust bebt – sie hebt sich und senkt sich – diese merkwürdige, ungehorsame Brust. Die Finger durchforsten den seidigen Zopf, seine ungeflochtenen, prächtigen Enden.

Sie denkt an ihn, den Abgereisten. Wäre es doch möglich, sich für einen Moment ganz deutlich sein Gesicht vorzustellen, seine Stimme zu hören. Sie schließt die Augen – und er ist bei ihr. Genau so hat er sie geküßt. Sie wirft den Kopf zurück, um die Ähnlichkeit noch zu erhöhen. Als sie die Augen wieder öffnet, erscheint ihr alles matt und merkwürdig. Vor den Augen drehen sich Kreise. Und die Sonne sinkt.

Es ist schön. Es riecht nach etwas Frischem und Feuchtem. Unten auf der Terrasse setzen sie sich zum Tee. Bekannte Stimmen sind zu vernehmen. Da steigen gerade Onkel Kolja und Leonid die Holzstufen hinauf. Jemand rückt Stühle, Gläser klirren. Gleich wird sie gerufen werden.

Sie geht weg vom Fenster. Kommt nicht sofort mit ihrem Zimmer zurecht, als hätte sie vergessen, wo sich was befindet. Nach dem klaren Himmel wirkt die Decke niedrig und dunkel. Sie nimmt den Spiegel in die Hand. Sind die Wangen nicht etwas zu rot: sie glühen so.

Im Spiegel ist zu sehen, daß ihre Augen schön glänzen. Überhaupt ist sie schön. Nicht umsonst liebt er sie. Und er liebt sie wirklich, liebt sie! Könnte sie es doch jemandem erzählen, es einmal vor Freude ausrufen, denn sie ist glücklich.

„Und wo ist Dina? Pascha, rufen Sie Dina"– hört sie von unten. Und bevor Pascha es schafft, sich der Treppe zu nähern, kommt sie schon von selbst munter klappernd die Holzstufen herabgelaufen.

*

Am Tisch sitzt sie schweigend und nachdenklich da. Alles ist wie immer. Das Wachstuch umgeschlagen, spielen Onkel Kolja und Leonid auf einer Ecke Schach. Neben ihnen stehen Gläser mit kalt gewordenem Tee. Olja fragt Mutter um Erlaubnis, tanzen gehen zu können. Kirotschka sitzt mit weit offenen Augen, um zu zeigen, daß sie noch nicht schlafen will. Es ist alles wie früher, nur bei ihr, bei Dina, hat sich alles verwandelt, ist ungewöhnlich und bedeutsam geworden. Was aber niemand versteht.

– Und du, gehst du etwa nicht mit tanzen? – fragt Mutter sie. Worauf sie plötzlich stark und dunkel errötet.

– Doch, ich wollte, ich komme mit ... – stammelt sie, wie um sich zu rechtfertigen.

Olja sieht sie neugierig an.

– Konstantinow ist abgereist, da hat sich ihre Tanzlust gelegt ... – sagt plötzlich Leonid laut.

Dina errötet noch mehr. Und verspürt gleichzeitig den Drang zu lächeln, weil sein Name gefallen ist.

– Ach ja, die Liebe. Die Liebe und nochmals die Liebe ... – murmelt Onkel Kolja, ohne aufzuschauen. Und zieht plötzlich den Springer: *Gardez!*

– Bitte sehr ... – erwidert Leonid vorbereitet. – Das haben wir schon geahnt.

– Also gut ... – gibt Mama ihr Einverständnis. – Aber laßt es nicht ganz so spät werden. Man sollte unsere Leute nicht jede Nacht belästigen.

Dina hat das Gefühl, daß Mama mit ihr unzufrieden ist. Überhaupt ist es ihr peinlich. Jeder kennt ihr Geheimnis. Und doch ist es ihr ganz angenehm, daß er erwähnt wurde. Sie möchte am liebsten nur über ihn reden, daß alle immer nur über ihn reden.

Da kommt es ihr in den Sinn, daß sie ja den ganzen Abend lang schweigt. Das könnte auffallen.

– Die wievielte Partie spielt ihr? – wendet sie sich an Leonid. – Die dritte ... – antwortet dieser, ohne aufzublicken. – Und wer hat gewonnen? – bohrt Dina zaghaft weiter.

Aber statt zu antworten, berührt Leonid zögernd einen Bauern. Jetzt schiebt er ihn ein bißchen vor und stellt ihn wieder auf den alten Platz zurück.

– Die Regel lautet: Wenn du eine Figur berührt hast, dann mußt du sie auch ziehen ... – mischt sich Olja auf einmal ein.

– Kümmere dich ums Tanzen ... – versetzt Leonid. Onkel Kolja lächelt selbstzufrieden.

Dina vermutet, daß Leonid böse auf sie ist, weil sie sich in Konstantinow verliebt hat. Darum antwortet er auch nicht. Schließlich hatte er ihr damals, als er das erste Mal hier zu Besuch war, den Hof gemacht. Und sogar ihre Hand geküßt – auf der Bank im Garten, und versucht, sie auf die Lippen zu küssen. Er gefiel ihr damals ja auch. Aber das war nur Schwärmerei, keine Liebe.

– Und wo ist George? – fragt Dina.

– Beim Angeln. Zum Tee wollte er zurück sein. Den wievielten haben wir heute? – sagt Mama hinter dem Samowar hervor.

– Den neunten. Den neunten Juli ... – antwortet Olja hastig. – Übermorgen ist mein Namenstag.

– Keine Sorge, das vergessen wir schon nicht ... – lacht Mama. Und wendet sich dann an Dina: – Also, wenn ihr zwei gehen wollt, müßt ihr euch jetzt langsam fertigmachen.

Dina sieht Olja an und sagt leise zu ihr:

– Gehen wir ...

Sie kann sich nicht entschließen, allein aufzustehen. Aber Olja ist bereit. Und gleichzeitig erheben sie sich vom Tisch und steigen über die laute Holztreppe zu ihren Zimmern hinauf.

*

Dina legt sich die schweren Zöpfe um den Kopf. Steckt sie von allen Seiten mit Haarnadeln fest, die weich in der Tiefe des Haars verschwinden. Sieht sich im Spiegel an. Die Lampe brennt links und läßt sich nicht so hinstellen, wie es bequem wäre. Aber sie kommt sich wieder sehr interessant vor. Hat große, mandelförmige Augen. Er hat immer gesagt, daß ihre Augen außergewöhnlich seien. Und die Lippen – hochrot und weich. Sie öffnet sie leicht. „Da, küß mich“, sagt sie in Gedanken. Dann versucht sie erneut, sich an seine Küsse zu erinnern, sich sein Gesicht ganz nah am eigenen vorzustellen. Was für eine Seligkeit, was für ein Wahn ist die Liebe!

Jetzt holt sie aus dem Schrank ihr rosa Kleid, zieht die Bluse aus und bleibt mit nackten Schultern im kurzen Spitzenrock stehen. Das Hemd muß noch hinuntergezogen und hinter das Korsett gesteckt werden, damit es nicht durch die rosa Einsätze des Kleids durchscheint. Schon liegt die Brust offen. Ein wenig peinlich und doch so lustvoll. „Das ist für dich, Liebster, alles für dich ... – flüstert sie verlegen. – Nicht eifersüchtig sein. Ich bin ja immer bei dir“.

Sie hat sich das Kleid angezogen und kann es hinten nicht zuknöpfen. „Olja, knöpf mir das Kleid zu“, ruft sie die Schwester. „Gleich“, antwortet diese aus dem Nachbarzimmer.

„Und keiner, keiner weiß ja, wie ich ihn liebe ... – denkt sie. – Ihnen kommt das belanglos vor. Aber ich leide. Noch mehr zu lieben ist gar nicht möglich.“

Olja ist im offenen weißen Kleid und mit entflochtenem Zopf hereingekommen. „Warum hast du denn deinen Zopf aufgelöst? Willst du dich etwa noch kämmen?“ Und auch ihr muß das Kleid zugeknöpft und am Rücken geschnürt werden.

Olja ist sich nun kämmen gegangen. Dina hat sich wieder ans Fenster gesetzt. Sie ist schon völlig angekleidet. Es ist kühl und feucht geworden. Von unten ist zu hören, daß George zurückkommt und daß sich Onkel Kolja und Leonid seine Fische anschauen. Kirotschka läßt nicht lokker, man soll ihr erklären, welche Fische eßbar seien.

– Und? Braucht ihr noch lange? – ertönt plötzlich des Onkels Stimme. Das ruft er zu Olja. – Kommst du etwa auch mit? – fragt ihn Dina.

– Natürlich, natürlich, warum sollte ich denn nicht mitkommen? – lacht ihr Onkel und wirft ihr plötzlich etwas hinauf ins Fenster. – Fang!

Dina sieht staunend, wie das Geworfene, anstatt zu ihr ins Fenster zu fliegen, einen Bogen zur Seite macht. – Ach, ein Käfer ... – errät sie.

– Richtig, ein Maikäfer ... – bestätigt der Onkel. – Hier auf der Wiese wimmelt es nur so von ihnen. Die hüpfen und springen und hüpfen und springen wie blind vor sich hin!

– Was denn für Maikäfer? Wir haben doch Juli ... – bemerkt Olja sentenziös.

*

Der ganze Tanzplatz ist voller Lampions, grünen, roten und gelben. In der Mitte strahlt eine große, summende Gaslaterne. Und doch ist es auf dem Platz ein wenig dunkel. Nur aus der Nähe sind Bekannte zu erkennen, darum scheinen sie jedesmal aus dem Boden hervorzuschießen. Wie viele weiße Kleider. Rings über den Bänken schaukeln Girlanden aus trockenem Laub und bunten Fähnchen.

– *Engagez vos dames pour l'hongroise!* – ruft der Tanzordner, ein stämmiger Offizier in khakifarbener Uniform. Und bildet selbst schon das erste Paar mit Lydia Wlassowa.

– Was ist denn das für ein Tanz? – schaut Onkel Kolja verdutzt.

– Ein Ungarischer. Verstehst du etwa kein Französisch? – wundert sich Olja.

– Ach so, ein Ungarischer. Das kriegen wir hin. – Und mit betonter Heiterkeit wendet er sich an Dina: – Komm, schöne Dame.

Sie steht auf und legt ihm schweigend und konzentriert die linke Hand auf die Schulter. Er umfaßt ihre Taille, und schon treiben sie vorwärts – schnell, wenn auch nicht besonders fließend und mitreißend. Der Onkel redet die ganze Zeit irgend etwas, aber sie hört kaum hin. Sie denkt an ihn, den Abwesenden. Sie ist immer bei ihm, sie ist ganz für ihn da.

– *Hongroise la finir.*

Die Musik fällt sofort schlaff in sich zusammen, wie verwelkte Blumen oder Wasserstrahlen eines Springbrunnens, wenn er abgestellt wird. Ihr Onkel führt Dina zurück an den Platz.

Wieder wurde irgendeine Musik gespielt, wieder hatte der Tanzordner etwas ausgerufen. Olja ist tanzen gegangen. Aber Dina mag nicht mehr tanzen: Sie sitzt da und wedelt mit dem Fächer. Ihr ist heiß. Das Gesicht glüht. Und hoch und stürmisch bebt die Brust – diese merkwürdige, ungehorsame Brust.

Nun tritt ein blonder Gymnasiast an sie heran und verbeugt sich schweigend vor ihr. Nach minutenlangem Nachdenken gibt sie ihm ebenso stumm die Hand. Und schon gleiten sie im Pas de chinois elegant und beschwingt dahin. Der Gymnasiast schweigt die ganze Zeit, und auf seinem Gesicht liegen Konzentration und Eifer.

– Was sind denn das auf einmal für Tänze! Kickapoo, Pas de Zéphire. – Der Onkel zuckt mit den Achseln. – Und genau besehen – einer wie der andere. Nein, ich bin defintitv zu alt, ich bin definitiv viel zu alt ... – Spöttisch erklärt ihm Olja die Schritte.

Dina sitzt und denkt an ihn. Alles hier erinnert noch so an seine Gegenwart. Über diese Allee ist sie mit ihm gegangen, und dort ist ihre heilige Bank. „Liebster, Liebster, ich denk an dich".

Der Onkel beginnt sich zu langweilen. Er ist schon zweimal Limonade trinken gegangen und weiß jetzt nichts mehr zu tun. Es wird schon Zeit, nach Hause zu gehen. Dina hat nichts dagegen, aber Olja will noch tanzen.

Der Walzer ist so berauschend, der Student Nasarjan läßt sie so gebieterisch kreisen. Schon sind die bunten Lampions nicht mehr zu sehen: alles ringsum verwischt, alles dreht sich: die Wellen des Walzers erheben sie und tragen sie davon – im Kreis à pas de géant. Das dunkle Gesicht neben dem ihren – wie in einem schmeichelnden Dunst: so nah und zugleich so fern. Wenn du stehen geblieben bist, kannst du dich erst einmal kaum auf den Füßen halten. Rundherum dreht sich alles. Es ist nicht zu erkennen, wo der Onkel ist. Und der Student hat so einen feurigen Blick.

– Ordne doch wenigstens dein Kleid ... – sagt Dina vorwurfsvoll zu Olja. Und tatsächlich, das ausgeschnittene Kleid ist von der linken Schulter gerutscht. Und die Lampions kreisen immer noch, und der Holzboden zieht sich irgendwie hinauf.

Dina sieht Olja etwas neidisch an.

– Siehst du, Liebster, ich tanze nicht mehr, ich bin dir treu ... – flüstert sie für sich. – Ich liebe dich.

– *Valse finale!* – verkündet der Tanzordner. Jetzt ist sogar Olja bereit, nach Hause zu gehen.

*

Am offenen Fenster sitzt eine junge Frau. Es ist Nacht, aber nicht kalt: man kann am Fenster sitzen. Es ist nur dunkel und feucht. Tot sind die Bäume, alles ist tot, und wie silberner Sand – unzählbare Sterne.

Im Haus schlafen sie alle. Alles schläft überall – hier in Tumanowka wie auf der ganzen Welt. Nur sie allein schläft nicht – einsam mit ihrer Liebe.

Wieder sind die Zöpfe gelöst. Es sind zwei – und schwer fallen sie auf die Schultern. Hier diesen Zopf hielt er in seinen Händen. Wunderte sich, wie schwer und prächtig er ist. Dina nimmt ihren Zopf und durchforstet nachdenklich seine leichten, ungeflochtenen Enden. Aus irgendeinem Grund ist es ihr drückend heiß und lustvoll zugleich. Wo ist er jetzt? Warum ist er abgereist? Und schon wieder kein Brief.

Sie schließt die Augen und versucht sich an seine Stimme und seine Worte zu erinnern. Er kommt ihr schließlich ganz unfaßbar entzückend und rührend und gebieterisch vor. Könnte sie ihm jemals widerstehen?

Ihr ist heiß. Sie knöpft ihr Kleid auf und zieht es rasch und verärgert von sich herunter. Schultern und Arme sind entblößt, die ganze Brust liegt offen. Das hinter das Korsett gestopfte Hemd ist an manchen Stellen herausgerutscht. Durch die enge Verschnürung ist die Brust angehoben und erscheint hoch und voll.

Sie erkennt ihre Brust gar nicht wieder. Betrachtet sie neugierig. „Alles für dich, Liebster", flüstert sie berückt. Und tritt zum Spiegel. Vor dem Spiegel, häßlich und gelb, flimmert ein Kerzenstummel.

Sie kommt sich wieder sehr schön vor. Die Wangen glühen, rätselhaft glänzen die mandelförmigen Augen. Und die schwarzen Zöpfe zeichnen sich so scharf vor dem weißen Leib ab. Sie befühlt mit der Hand ihren Zopf, ihre Schultern. Wie unbegreiflich, beängstigend und lustvoll das alles doch ist.

Es dämmert schon. Grünlich-blaß färbt sich der Himmel. Es wird immer kälter. Von der Kälte zieht sich die Haut auf den Armen zusammen und wird uneben. Man muß das Fenster schließen.

Sie geht zum Bett, in Gedanken bleibt sie vor ihm stehen. Leidenschaftlich und ungestüm bebt die Brust. Und mit der Brust bebt auch der schwarze Zopf.

Plötzlich, den Kopf zurückgeworfen, öffnet sie ihre Arme. Erstarrend flüstert sie:

– Komm, Liebster, denn ich bin dein.

DIE BLINDE

Sie alle, vor einer Minute noch laut und heiter, wurden auf einmal verlegen und stumm. Sie alle waren irgendwie mit schmerzlicher Rührung in der Seele bestürzt über diese Begegnung mit dem kleinen blinden Mädchen an einem heiteren, sonnigen Tag. Sogar die hübscheste und fröhlichste junge Dame in dem gelben Tschador, den sie letzten Herbst einem alten Tataren in Gursuf abgekauft hatte, wurde plötzlich unerwartet ernst und traurig. Anrührend schöne Zärtlichkeit wehte auf einmal von ihrer graziösen Verlegenheit her. Fürsorglich beugte sie sich über das kleine Mädchen und legte ihm eine Hand auf die Schulter.

– Du siehst gar nichts? – fragte sie, und aus ihrer Stimme klang etwas Warmes und mütterlich Sanftes heraus, das es vorher bei ihr nicht gegeben hatte.

Das Mädchen antwortete nichts und schickte sich an weiterzugehen.

– Aber wie willst du denn gehen? Kennst du etwa den Weg? Wo wohnst du? – fragte sie mit hilfloser Furcht. – Kennst du den Weg nach Hause? – fragte sie noch einmal etwas lauter.

– Ja ... – antwortete das Kind irgendwie zerstreut und gleichgültig und bewegte sich vorwärts.

Es lief mit Hilfe eines Stocks und stützte sich von Zeit zu Zeit auf die Zäune der Vorgärten. Das Gesicht nach oben gerichtet und die blinden Augen wie irgendwelche weißen, blinden Blüten der Sonne entgegengestreckt. Als zeige die Sonne den Weg.

– Aber man kann doch eine Blinde nicht allein gehen lassen! – jammerte eine der Damen.

– Die Ärmste ... – flüsterte eine andere.

Alle blieben noch eine Weile stehen und blickten dem Mädchen nach, das sich an den Gartenzäunen entlang entfernte, seine weißen, blinden Augen erhoben – hinauf zur sengenden, blendenden Sonne.

Man ging in den Wald hinein. Wie irgendeine düstererhabene Säulenhalle breitete sich der Wald aus, wachsam die schüchterne Rätselhaftigkeit der Stille beschützend. Hier ist es nicht so heiß, nicht so sengend und blendend. Das geschmolzene Gold der Mittagsstrahlen dringt nicht bis hierher – bleibt oben an den Wipfeln der einander zugeneigten Kiefern haften. Nur ein paar glänzende Funken und warme, sonnige Tropfen flogen durch Zufall hinein und blieben auf den bronzenen Stämmen der Kiefern und der bernsteingelben Bank hängen.

– Wie schön es hier ist ... – sagte ein älterer Herr in hellem Flanellanzug, seufzte tief und hob das Gesicht zum blauen, zart grellen Himmel. – Wie prachtvoll ist doch die Welt! Und das alles entgeht den Blinden ... – fügte er, das Thema erneut aufgreifend, hinzu.

Sie alle seufzten. Das Bild des blinden Mädchens war nicht verschwunden. Die Damen gingen eingehakt – nachdenklich und schweigend. Die Herren stießen mit ihren eleganten Stöcken lässig die nicht zertretenen Kiesel des dunkelroten Sandes längs der gepflegten Parkwege an.

– Aber warum bemitleiden wir eigentlich dieses Mädchen so? – fragte plötzlich einer von den jungen

Leuten, der nämlich, welcher neben der Dame mit dem gelben Tschador ging. Alle schauten ihn an.

– Was ist denn Blindheit im Grunde? Das Fehlen eines der Wahrnehmungsorgane. Aber weshalb glauben wir, daß sich in unseren armseligen fünf Sinnen das Erkennen der Welt erschöpft, während wir in Wirklichkeit vielleicht auch nur einen winzigen Bruchteil von ihr erfassen, einen vagen Abglanz jener Pracht, die uns für immer verschlossen bleibt? Im wesentlichen sind wir nicht weniger erbärmlich als dieses Mädchen, denn wir alle sind genauso hilflose, sich der Sonne entgegenstreckende Blinde ...

Der Wald war zu Ende. Eine weite Wiese öffnete sich, bis obenhin vom innigsten Sonnenlicht überflutet. Unbewegt und verwunschen die Stille. Das heiße Gold der Strahlen schien alles unsichtbar zu fesseln. Als wäre irgendeine durchsichtig-grelle, strahlende Lava in die Welt geströmt und hätte sie ganz in kristallenen, goldenen Bann geschlagen.

IM SILBERNEN KRANZ

Es war noch früh, aber schon füllten sich die elektrischen Leuchter mit sattem Licht, schon wimmelte es in den Wohnräumen und im Saal, und festlich schillerte mit ihrem Kristallglas die lange Teetafel, erstrahlte im Weiß der Tischdecke mit den sich noch etwas sträubenden, widerspenstig-bauchigen Falten und Kanten. Schon standen darauf, neben den üppigen Azaleen und den bescheidenen Hyazinthen, einige große runde Kuchen – mit Nüssen, Obst oder Schokolade – und in jedem von ihnen steckte ein feiner silberner Kranz, verziert mit Lettern und kompliziert geschwungenen Ziffern. Und hier noch eine von jemandem zugeschickte Nußtorte mit dem gleichen Kränzchen und den gleichen silbernen Monogrammen. Und dort an der Wand, auf der rechten Ecke des festlichen Tisches, prangen zwei prächtige Silberpokale, mit schöner, schwerer und mattschwärzlicher Gravur ziseliert, da liegt noch ein großer, runder Schöpflöffel aus hellem und kühlem Silber, und dort an der Vase mit weinroten Anemonen ruht ein schlichtes Etui aus dunkelgrünem Leder, das ebenfalls irgendein glänzendes Kleinod enthält. Alles ganz so, wie es sich gehört am Tage der Silbernen Hochzeit, und wie es gewöhnlich auch ist.

Schon viele sind angekommen. Herren in schwarzen Röcken, Damen in neuen, festlichen, üppig rauschenden Kleidern. Alle gratulieren den Gastgebern und drücken ihnen voll Freude die Hand. Viele bringen etwas mit – wieder etwas Silbernes und Glänzendes, das mit betonter Dankbarkeit und erfreutem Lächeln angenommen wird und sogleich dort auf dem großen Festtisch landet, bei den Torten, Silberpokalen und Etuis aus dunkelgrünem Leder. Das alles wird grell vom angespannten elektrischen Licht beleuchtet, das kristallene Vasen und geschliffene Gläser in farbigen Funken zurückwerfen. Laut und feierlich ist es an der Teetafel. Alles ganz so, wie es sich gehört am Tage der Silbernen Hochzeit, und wie es gewöhnlich auch ist.

Ich kam recht spät an, als alle Kleiderständer in dem mit Eiche ausgelegten Vorzimmer bereits mit Pelzen, Mänteln und Rotonden belegt waren, die schwer übereinander hingen. Ich erinnere mich daran, wie ich dort im Vorzimmer, kaum daß ich abgelegt hatte, mit zwei Mädchen zusammenstieß, die weiße Kleider mit weißen Rosen auf der Brust trugen. Eins der Mädchen erschien mir ungewöhnlich zierlich und schwerelos. Und vielleicht wehte mich deshalb beim Betreten des Saals eine unerklärliche, unüberwindliche Wehmut an. Zu grell war das elektrische Licht, zu feierlich dieser Tisch mit seinem kristallenen Schillern. Als wäre das alles so glänzend und prachtvoll, um zu verdecken und zu übertönen, daß sich dahinter Trauer verbarg. Kalt und leichenhaft kam mir das Schimmern des Silbers vor. Kläglich und niedergeschlagen die silbernen Kränzchen auf süßen Kuchen mit Monogrammen. Fein, blechern, oder sogar papieren, knistern sie gewiß kalt und rauh und stechen bei der kleinsten Berührung. Erinnern sie nicht ein wenig an metallene Totenkränze?

Der Hausherr stak im tadellos genähten schwarzen Rock, kontrastiert vom festlichen Weiß der Krawatte, noch schlank und schön war seine hohe und noble Gestalt, und irgendwie paßten nicht zu ihr dieser graue Kopf und das müde Faltengesicht mit dem silbrigen Spitzbärtchen. Höflich gelassen und einnehmend zuvorkommend empfing er seine Gäste, aber etwas Verschwiegenes, eine verschlossene, bittere Wehmut lag dahinter. Leise Wehmut umwehte auch sie, seine silberne Braut – im grauen Atlaskleid, mit schneeweißem Haar und Falten im bleichen, von ungesunden Flecken übersäten Gesicht. Wie wenig Freude sie hat, wie nachdenklich sie an solch einem Tag ist! Erscheinen ihr nicht all diese Glückwünsche wie heimliche Beileidsbekundungen, gedenkt sie jetzt nicht ihrer anderen, eigentlichen Hochzeit – damals, vor fünfundzwanzig Jahren, als sie, jung und schön, noch innerlich bebte unter ihrem Schleier, so daß der Schleier vor ihrem erregten, fiebrigen und beschleunigten Atem leicht zuckte und an den Lippen zitterte?

Dann wurde gespeist. Kalt klirrende Teller, trocken klappernde Messer, dumpfer und seltener das Stimmengewirr der Gespräche. Als sei es auf einmal zerbröckelt in einzelne, abgerissene und viel zu hörbare Worte oder in ein einsames Halbflüstern, das sich in den Winkeln versteckt. Immer öfter bemächtigt sich aller ein schweres grübelndes Schweigen. Doch schon werden Trinksprüche ausgesprochen, laute, feierliche Trinksprüche. Nach jedem erheben sich alle geräuschvoll von ihren Sitzen, stoßen an und prosten sich zu. Aber auch darin verbirgt sich die gleiche heimliche Trauer. Alles Festliche, alles Fröhliche ist heute nur äußerlich, nur gespielt – um jene große, ausweglose Wehmut zu verdecken. Selbst im Geräusch der Schritte und der rückenden Stühle, sogar im Klingen der Gläser beim Anstoßen ist Absicht und Übertreibung erkennbar. Viel Trauriges schwingt auch in den Trinksprüchen mit.

– Auf das Wohl meiner Freunde, die mir vor fünfundzwanzig Jahren zur Hochzeit gratulierten und heute erneut meine Gäste sind! – verkündet der Hausherr, stehend, mit erhobenem Glas. – Auf unsere fünfundzwanzigjährige Freundschaft! – Es wird angestoßen. Es wird lächelnd nachgezählt, wie viele von solchen Freunden da sind. Offenbar elf. Nicht eben viel. Und all die anderen?

Unter dem Eindruck des Trinkspruchs wird der ersten, eigentlichen Hochzeit gedacht. „Ja, ja, ihr zwei wart damals noch unverheiratet ..." – „Ich war der Brautführer, erinnerst du dich? ..." – „Und du warst damals noch ganz, ganz klein und wolltest immer nur schlafen ..." Wie haben sich doch alle verändert. Und sie lächeln grübelnd, wehmütig, trostlos.

Da ist auch das elegante zierliche Mädchen mit der weißen Rose, dem ich im Vorzimmer begegnet bin. Es sitzt an einem anderen Tisch mit den anderen jungen Mädchen und deren Kavalieren und ist die dritte Tochter derjenigen, die wir heute feiern.

An diesem Tisch geht es laut und fröhlich zu. Schon wieder erklingt dort Lachen, schallendes, blutvolles, packendes Lachen mit zart brüchigen, singenden Untertönen. Sinnend blickt auf die lachenden Mädchen die Mutter – die silberne Braut. Kommt es ihr dabei so vor, ihr Leben sei jetzt in ihnen, ihr wirkliches, früheres Leben – sie selbst sei jetzt in ihnen, fern, jung und schön?

Am Tisch der Kinder geht es laut und fröhlich zu. Nur das zierliche Mädchen, die dritte Tochter der Gastgeber, sitzt schweigend da, ihre Wangen haben sich leicht gerötet, und weich erbebt die flache Brust. Schon bald wird vermutlich auch sie mit der gleichen Glut auf den zarten Wangen und mit wachsender Erregung in der jungen Brust vor dem Altar stehen – zierlich und schwerelos – und vom erregten, fiebrigen und beschleunigten Atem wird ihr Schleier leicht zucken und an den Lippen zittern. Und wird dann auch sie eines Tages in einem silbernen Atlaskleid ebensolche Gratulationen und Kuchen mit Monogrammen entgegennehmen? ...

Schon sind die Stühle weggerückt, schon erheben sich viele von ihren Plätzen. Wollen allmählich nach Hause. Verschwunden sind die Mädchen in den weißen Kleidern, und verstummt ist das fröhliche Lachen mit den singenden, brüchigen Untertönen. Mit jedem Augenblick tritt deutlich und machtvoll jene ausweglose Wehmut zutage, die zuvor von lärmendem Stimmengewirr und festlichen Strahlungen verdeckt worden war. Unverwandt starrt sie jetzt aus der plötzlich überall herrschenden Unordnung, unwiderstehlich spürbar wird sie sogar in den weggerückten Stühlen, gestapelten Tellern und schmutzigen Gläsern mit Weinresten.

Die Gäste sind fort. Leer und unheimlich wird es jetzt in den Räumen. Düster starrt aus ihnen die Leere der Verwüstung, die hier mit diesem Fest Einzug gefunden hat. Alles Traurige und Tragische, was von Licht erdrückt und von hastigem Lärm übertönt worden war, hat jetzt eine gnadenlose Gewalt erlangt. Es scheint, kein Schritt läßt sich tun, ohne diese unheimlichen Schatten aufzuscheuchen. Selbst die Sessel drängen sich zu einem zu engen Haufen zusammen: als seien auch sie von etwas erschreckt worden, als würden auch sie von Gespenstern bedrängt. Eine gnadenlose Verwüstung auf dem Tisch, der sich so feierlich und so glänzend gegeben hatte. Statt der großen Kuchen – zerkrümelte, über die Teller verschmierte Stücke. Wer hat so viele Blüten von diesen üppigen Azaleen und zarten Chrysanthemen abgeschnitten? Hier aber sind sie schon – zu Boden geworfen – zur Erinnerung abgeschnittene oder gepflückte Blumen. Hier sind sie – in einzelnen kläglichen und zertretenen Blättchen ...

Soll doch alles ruhig so bleiben bis morgen. Heute ist es nicht ganz geheuer, das zu berühren. Langsam werden die letzten elektrischen Lampen gelöscht, und noch bedrückender ist die Verwüstung in dem nun herrschenden Halbdunkel. Der Mond tritt ins Zimmer und richtet seinen unverwandten Strahl auf den Boden. Unheilverkündend und leichenhaft schimmert im Mondlicht das Silber der überflüssigen Gaben, geheimnisvoll prangen auf dem Tisch die alten gravierten Pokale.

Er geht in ihr Schlafzimmer. Längst haben sie kein gemeinsames Schlafzimmer mehr wie damals, in den ersten Jahren ihrer Ehe. Er zündet über ihrem Bett ein blaues Lämpchen an. Vor langer Zeit, in den ersten berauschenden Monaten ihres Glücks, brannte das Lämpchen jede Nacht über den zwei zusammengeschobenen Betten, seitdem wurde es nicht ein einziges Mal mehr angezündet. Heute aber ist schließlich aufs neue ihre Hochzeitsnacht.

Eilig knöpft sie ihr silbriges, enges Kleid auf und wirft es nachlässig über den Flechtstuhl. Das Mondlicht erfaßt es, und es schimmert mit matter Blässe auf. Sie aber sitzt bereits auf dem Bett, in die Kissen gelehnt, mit nackten Armen, halboffener Brust, und wartet wieder auf ihn.

Doch wie ist sie gealtert! Ist es denn möglich, diese ergraute, ehrwürdige Frau so wie früher zu küssen – leidenschaftlich und unersättlich? Schüchtern schmiegt sie sich an sein Kinn, bemüht, sich ihre liebsten Zärtlichkeiten von damals ins Gedächtnis zu rufen, aber wie unerträglich, wie qualvoll-kläglich wirkt das alles!

Er wünscht ihr, und sei es nur für einen Moment, etwas von jenem fernen, kurzen Glück, welches sie allzu schnell betrogen hatte. Wie aber soll er das anstellen? Sie war eine gute Ehefrau und hat so wenig vom Glück gesehen. Viele zehrende Schmerzen hat er ihr zugefügt, aber was hätte er anders machen können?

Sie wünscht sich die alte Leidenschaft zurück, um für einen Moment zu vergessen, um für einen Moment wieder jung zu sein. Sie tut ihm so schrecklich leid. Ihr Gesicht langsam nach oben hebend, küßt er sie auf die Lippen – stumm und traurig. Es erscheint ihm unmöglich, ja, irrsinnig, sie auf andere Weise zu küssen – so wie früher ...

Sie wünscht sich, daß er sie wieder entkleidet, genauso ungeduldig, mit zitternden Händen eilig all die heimlichen Bänder findet und löst, daß er ihr die Strümpfe auszieht. Aber sie, eine ehrwürdige alte Frau, wirkt dadurch um so lächerlicher. Und das ist so quälend heute, am Tag der Erinnerung ...

„Arme Liebste“, denkt er traurig und möchte behutsam ihre Taille umfassen. Da rückt sie von ihm weg. Irgendwie kläglich zusammenfahrend und ihre rauhen Knie mit den Armen umschlingend, sitzt sie jetzt auf dem Bett.

Sie hat längst alles verstanden, seine Gedanken und alles Lächerliche und alles Schreckliche in dem, was sich gerade vollzieht. Ihr hageres Gesicht beginnt sich zu runzeln und zuckt, die Mundwinkel krümmen sich unschön nach unten. Sie wendet sich von ihm ab und fängt an, unaufhaltsam zu weinen.

Er möchte sie trösten, sagt etwas, redet viel, und sie tut ihm so leid, daß er jetzt scheinbar selbst den Tränen nahe ist. Vielleicht weint er sogar.

Im Fenster zeigt sich schon die Morgendämmerung, und noch bleicher wird das ohnehin bleiche Licht des Lämpchens über dem Bett dieser beiden Jungvermählten mit grauem Haar und von Schluchzern entstellten Gesichtern.

GESTORBEN

Heute, nach einer sich lange hinziehenden Konversation darüber, wie ungemein wohltuend doch die Sommerferien auf dem Land seien, werde ich – zwischen dem Satz von der Unerträglichkeit des städtischen Staubs und der Klage über die eintönige Kargheit der sommerlichen Vergnügungen in der Stadt – plötzlich gefragt: „Haben Sie schon gehört, daß Fjodor Fjodorowitsch gestorben ist?"

Ich zuckte zusammen. Nein, davon habe ich freilich nichts gehört.

Dies also ist hier geschehen, während ich mich in der ländlichen Stille, fern des städtischen Lärms und der täglichen Neuigkeiten erholte. Mir war, als glaubte ich es nicht, obwohl mich bereits in der ersten Sekunde ein dumpfer und jäher Schrecken durchfahren hatte, eine scharfe und empörte Gereiztheit, als sei etwas gänzlich Widersinniges und Grauenhaftes geschehen, das unumstößlich feststeht.

Und dann, als Antwort auf meine eiligen und besorgten Rückfragen, wurden Einzelheiten genannt, die mir genauso empörend und schrecklich vorkamen wie schon die erste Erwähnung – gleichgültig vorgetragen zwischen dem Satz von der Unerträglichkeit des städtischen Staubs und der Klage über die Eintönigkeit der städtischen Sommervergnügungen ...

*

Als ich danach auf die Straße hinausging, war sie ganz von der blendenden Sonne überflutet. Als wäre die Sonne in Verzückung geraten, in einer Art Taumel flammenden Jubels.

... Ja, nichts hat sich verändert. Die Sonne jubelt wie früher, vielleicht sogar noch heller und verzückter, und der Tod eines Einzelnen ändert nichts daran. Und war seine Seele auch voll des sprühenden, überquellenden Lebens – die Welt zeigt die gleiche Fülle, obwohl er nicht mehr ist.

Gestorben ... Aber er liebte das Leben und wollte nicht sterben. Folglich ist dies gegen seinen Willen geschehen? Warum sagen wir dann „gestorben“, anstatt „ermordet“ – ermordet durch etwas Stärkeres als er, das ohne Rücksicht gewesen ist auf ihn oder seinen Willen.

Die Sonne jubelt. Jubelte sie nicht auch an dem Tag, als er verstümmelt von der Sterbenstortur hilflos und qualvoll verschied? ...

Aber was hatte ich zu jenem Zeitpunkt getan? Mit inniger Anspannung versuchte ich, mir den verhängnisvollen Tag, die nicht rückgängig zu machende Stunde ins Gedächtnis zu rufen. Sollte es möglich sein, und ich war genauso ruhig und gleichgültig wie die Natur? Sollte es möglich sein, daß auch ich in jenem Moment keinerlei unbewußte Wehmut oder Sehnsucht nach ihm gefühlt hatte? Aber mir fiel nichts weiter ein. Offensichtlich war es ein Tag gewesen wie jeder andere, ein Tag mit hohlem, ruhigem, müßigem Zeitvertreib, der sich kaum von all den übrigen unterscheidet – im Sommer, in den Ferien, dort auf dem Land.

Und ich entsann mich schmerzlich und ratlos meiner Gespräche mit dem Verstorbenen: über die Einheit des Universums, über das Eine als Ursprung alles Seienden, über die unlösbare Verbindung der Seelen mit der Welt und miteinander ...

DAS HERBSTLICHE ABSTERBEN

Du bist heute schon wieder so unbewußt traurig: das ist der Herbst, der dich vergiftet mit seiner leichenhaften Pracht. Ich beobachte es seit langem: wie alle Frauen blickst du vorbei am Gang der Natur, sitzt du ruhig am farbigen Fenster deiner schattigen Veranda und bemerkst nicht die scharlachrote Verwesung des Laubs noch das verheimlichte Trauerspiel der sterbenden Blumen. Doch bist du wie alle Frauen der Natur so unbewußt nahe, und in trüben, unfaßbaren Wallungen spiegelt sich ihr Gang in dir wider. Ich dagegen bin nun alle Pfade unseres Gartens durchlaufen. Welche Wehmut und welcher Wahnsinn! Unter den Sohlen knistern sie und schleppen sich kraftlos dahin die harten Blätter, übersät mit rot-gelben Moderflecken. Die Beete sind ausgeraubt vom Wind, und gestorben und verstümmelt sind unsere besten Blumen. Ein Geruch von heißem Herbst, ein Geruch von warmen Treibhäusern verkündet der Welt Verwesung.

Gib mir die Hand: Weißt du, mir scheint, daß alles erstirbt. Denn auch das Erblühen unserer Rosen war nur deren langsames Absterben: Alles Leben ist ein Ersetzen von Teilchen durch andere – die erkämpfen sich ihren Platz zum Sterben. Alles Leben verändert sich, und alles Verändern heißt Tod. Denn auch die Zellen deiner Hand verdrängen sich gegenseitig, möglicherweise ist es auch längst nicht mehr die Hand, wie ich sie noch vor wenigen Augenblicken aus deinem Schoß gehoben habe. Und ich selbst lebe und verändere mich auch, und das heißt, daß ich jede Sekunde ein Anderer bin, daß ich mit jedem Atemzug sterbe. Oh, ich wittere ihn, diesen Geruch des Herbstes, den Geruch der stickigen Treibhäuser, diese Verwesung der Welt! Bewegt euch nicht, Blätter, gleich reißt ihr vom Stamm ab und fallt auf die feuchte Erde, blüht nicht, ihr Blumen ... nicht atmen, nicht atmen. Sonst überflutet die ganze Welt diese scharlachrote Verwesung, dieser ekstatische Jubel – des Todes und des Verfalls! ...

GELBE BLÄTTER

Leise und hart knistern unter den Sohlen die herbstlichen gelben Blätter. Die breite Allee ist ganz übersät mit ihnen, während sie hier in den seitlich abfallenden Gräben vor allem zu lockeren, raschelnden, regsamen Haufen zusammengeschart worden sind.

Weiter weg jedoch, im schwarzgewordenen Gras zwischen den nackten Stämmen der Bäume liegen sie – gelb, golden und scharlachrot – überall. Als wäre der Park mit einem üppigen Teppich bedeckt, als wäre der Erde ein gold- und purpurbesticktes Leichentuch bereitet.

Es waren zwei, die dort die Allee entlangwandelten. Irgendwie wollte sich ihr Gespräch nicht fügen, und beide fühlten es.

Redeten sie zueinander, so schauten sie zur Seite und sprachen stockend. Es war etwas peinlich nach den gestrigen offenen Worten, die für einen von ihnen zuviel an Verborgenem enthüllt hatten.

Wehmütig rauschte über ihnen der welkende Park. Manchmal holte sie auch der Wind ein, der mit schrillem Gepfiff über die Wege hinsauste; dann flogen die Blätter vom Boden auf, hart, raschelnd, zusammengerollt, wie tote Schmetterlinge mit trockenen, brüchigen Flügeln. Kurz wurde der feste, sorgsam gestampfte Weg sichtbar: der Sand glänzte, winzige, schimmerndweiße Kiesel, blankgewaschen vom Regen. Doch schon rauschten herab, kreisend und zitternd, neue gelbe Blätter: rauschten herab – und es schien, als wollten sie bald alles ringsherum überstreuen.

– Sieh mal ... – sagte Grigorij – das ist doch Ahorn. – Er bückte sich, um ein großes rot-braunes Blatt vom Weg aufzuheben. – Oder nein, eher Nußbaum. Der Tod macht alles so unkenntlich.

Ob im Frühling oder im Sommer, er kannte diesen festlichen Park. Darum war es so traurig, sein entkräftetes Sterben mit anzusehen. Und wäre es wenigstens nicht jetzt, nicht in diesen Tagen, in denen sich auch im eigenen Leben eine solche Zerstörung vollzog.

Er begann in die Ferne zu schauen. Heute läßt sich von hier aus der Teich erkennen und sogar die Bank am anderen Ufer. Früher war alles durch Grün überdeckt.

Er zeigte seinem Begleiter den Teich und die Bank.

Plötzlich wurden die beiden vom Wind eingeholt, der sich geräuschvoll zwischen sie drängte und ihre Worte fortriß.

Grigorij sagte irgend etwas, doch von all dem war nur sein Ruf zu verstehen: „Andrej Petrowitsch". Dieser drehte sich um. Grigorijs Lippen bewegten sich noch – eilig und irgendwie seltsam.

Sie schritten weiter. Andrej Petrowitsch, erst gestern aus der Stadt angereist, trat leicht und energisch auf. Es war angenehm, die frische Herbstluft zu atmen. Aber Grigorijs Anspannung schien auch schon auf ihn übergegangen zu sein.

Gehorsam folgte er den Gesten und Anweisungen seines Freundes und beugte sich über die trockenen, toten Blätter. Und die nassen, laublosen Bäume oben beugten sich und drückten sich eng aneinander, genau wie sie.

Grigorij blieb wieder einmal stehen.

– Sieh mal ... – und er hob einige Blätter vom Weg auf. – Ist das etwa kein Tod? Sind diese scharlachroten zerlaufenen Kreise etwa keine Verwesungsflecken?

Der Park neigte sich hin zum See. Hier ragten die Bäume noch nackter empor und spreizten kläglich die dürren, gleichsam gespitzten Zweige. Die feuchten Blätter im Gras schienen verrostet und rochen nach Moder. Immer wieder jagte ein zorniger Wind vorbei, so daß man den Hut festhalten mußte: Die nackten Bäume stöhnten dann laut auf und bogen sich durch bis zum Boden. Eine traurige, gnadenlose Zerstörung – im Park genauso wie im Haus und im Leben seines Besitzers. Andrej Petrowitsch blickte Grigorij unwillkürlich an. Seine Frau war fortgegangen. So als hätten sie sich gemeinsam zum Wegziehen verschworen – der rote Sommer und die schöne Frau mit dem bleichen Gesicht und den nachdenklich-matten Augen.

Sie kamen zum See, der recht unfreundlich seine flachen Wellen rollen ließ, wie Stirnfalten einer steten Sorge. Am Ufer ragte viel schwarzgewordenes und gebrochenes Schilfrohr: Es blies ein kalter, schneidender Wind.

Grigorij packte erneut den Hut.

– Also, was ist? Wollen wir in den Wald, auf die andere Seite? – fragte er, die Krempe festhaltend. – Oder ist es zu windig? Sonst könnten wir zwei den ganzen Teich umlaufen.

Andrej Petrowitsch stimmte gern zu. Nach einer gewissen Zeit bogen sie links ab und konnten Grigorijs Landhaus sehen. Unwillkürlich wurde die Trostlosigkeit und Beklemmung fühlbar, die darin herrschte. Wie bedrückend waren dort die leergewordenen Zimmer mit den auf die Schnelle umgestellten und gleichsam fehlenden Möbelstücken und den aus weiß Gott welchem Grunde offenstehenden Schränken. Und wieder erschien vor dem inneren Auge die bleiche, große Frau, deutlich zeigte sich einen Augenblick lang ihr ruhiges, schönes Gesicht. Wo mag sie jetzt sein, die Schuldige an dieser Verwahrlosung?

Auf einem kaum sichtbaren Pfad, der durch die triefend nasse Wiese führte, gingen sie langsam um den Teich herum. Unter den Sohlen trat Wasser hervor und überflutete das zerdrückte Gras. Der Boden schien nicht fest zu sein: er waberte und gab unter den Schritten mit einem klagenden, schluchzenden Platschen nach. Plötzlich, als würde er nach einer kurzen Unterbrechung den Faden wieder aufnehmen, begann Grigorij erneut zu sprechen.

– Das allein hat mein Leben mit einem Mal ausgelöscht. Schließlich war sie mein Leben: Anfang und Ende von allem. Und jetzt stellt sich heraus, daß alles nur Lüge war. Überleg mal, das ganze Leben – jede Stunde, jede Minute.

Es ist ungemütlich im Wald, diesem nassen, gesträubten Wald, der über dem See einen Unterschlupf fand. Und der See ist voller Sorgenfalten, wie ein von Schrecken und Trauer entstelltes Gesicht.

Sie spazierten über das nasse, seichte, mit gelben Blättern und Nadeln überschüttete Moos und setzten sich auf die Bank am Ufer. Deren Mitte war noch nicht wieder trocken und voll mit Regenwasser. Sie schauten auf den See.

Auf einmal lächelte Grigorij. Und das Lächeln entstellte sein Gesicht und machte es kläglich. Seine Wangen röteten sich vor Aufregung.

– Stell dir vor, ich glaube es ja bis heute noch nicht so recht. Als hätte man mir einen Bären aufgebunden. Das alles ist einfach abgeschmackt. Und vor allem wofür, wofür? Ist meine Liebe denn gar nichts wert, so wie ich selbst und mein ganzes Leben, das ich ihr zu Füßen gelegt habe? ...

Irgend etwas knackte scharf hinter ihnen. Beide drehten sich unwillkürlich um. Mit lautem Krachen, die übrigen Zweige brechend, stürzte von oben ein trockener Ast herab. Und dumpf kam er jetzt am Boden zur Ruhe.

– Weißt du, ich liebe sie immer noch. – Grigorij rückte näher zu seinem Freund. – Und ich sehne mich schrecklich nach ihr. Ich würde manchmal so gern ihr Lächeln sehen, ihre Hände berühren. Kannst du dir vorstellen, was für Schmerzen das sind? Alles Vergangene ist dann wie nie gewesen, irgendwie unverständlich, nicht wirklich ausgeschöpft. Wie oft erinnere ich mich an jede Kleinigkeit: wie sie sich zur Nacht ihre Zöpfe um den Kopf wand und noch an die geheimste Lippenpartie.

Andrej Petrowitsch sah Grigorij verwundert an. Warum erzählt er das alles? Etwas Seltsames lag in seiner zügellosen Aufrichtigkeit. Nun machte er schon wieder ein geheimnisvolles Gesicht

– Denn alles war da, jede erdenkliche Zärtlichkeit, sogar das, was sich als Perversion bezeichnen läßt, das Allerintimste, was nur mit einer Einzigen möglich ist.

– Na ja ... Das ist alles doch sehr gewöhnlich.

– Was aber, wenn ein anderer dabei war? ...

Der Wind wurde stärker. Schon wieder trieb er einen Haufen von trockenen, zerrupften Blättern heran. Kalt wurde es über dem See. Andrej Petrowitsch schlug vor zurückzugehen. Wie abwesend stimmte Grigorij zu. Und wieder gingen sie die Allee entlang, die von trokkenen Blättern bestreut war, über den goldenen Brokat dieser raschelnden Leichen.

– Im übrigen, ich weiß jetzt alles. – Grigorij sprach diese Worte leise und deutlich aus ... Andrej Petrowitsch drehte sich ihm verwundert zu.

– Und was genau weißt du? – konnte er sein Interesse nicht verhehlen.

– Ich weiß die Erklärung für all das. Es ist alles sehr einfach und plump. Ich denke ... sie war mit mir unzufrieden, verstehst du ... mit mir als Mann. Und dem ist nun die Liebe geopfert worden.

Andrej Petrowitsch war wie vor den Kopf gestoßen. Das schien undenkbar. Etwas Wüstes und Kränkendes klang aus diesem Verdacht heraus. Und wie wenig verband sich das mit ihr, einer so eleganten, beherrschten und traurigen Frau. Wäre der Körper demnach von solcher Macht?

– Was redest du da für einen Unsinn? – sagte er verwirrt zu Grigorij. Hielt aber sofort inne, weil dieser es schließlich besser wissen mußte. Doch warum sollte die Erklärung nicht ausreichen, daß Nina Alexejewna sich einfach in einen Anderen verliebt hatte? ...

Die raschelnde, nackte Allee war längst zu Ende. Nun breitete sich der Garten aus mit Blumenbeeten, ausgeraubt und verstümmelt vom Wind. Stumm gingen sie über die Wege, auf denen, ungeachtet der täglichen Fürsorge, zusammengerollte Blätter und vom Wind angetriebene Phlox- und Petunienblüten lagen. Weiße, schneeige Birkenstämme tauchten ermüdend oft auf.

– Sollten wir nicht nach Hause? – bemerkte Andrej Petrowitsch. – Es fängt an zu regnen. – Grigorij machte folgsam kehrt. Schweigend ging er jetzt, wohin er gelenkt wurde, und faßte ab und zu nach dem Hut, auch wenn gar kein Wind kam.

Sie stiegen auf die öde und feuchte Terrasse. Laut flatterten hier oben leinene Zipfel: der Eßtisch ohne Decke schien vergessen und unbrauchbar. Die klatschnassen, rauhen Dielenbretter dämpften die Schritte. Es war nichts zu tun auf dieser finsteren Terrasse. Sie stellten in der Ecke am Eingang ihre Spazierstöcke ab, gingen durch mehrere leergewordene Räume und nahmen schließlich im kleinen Wohnzimmer Platz. Ein Licht mußte angezündet werden, denn die Dunkelheit im Zimmer wurde immer dichter und schwerer. Der Regen nahm zu und stürzte plötzlich irgendwie flach herab in einer einzigen, schweren und brüllenden Masse.

Beim Abendessen schwiegen sie. Nur von Zeit zu Zeit fiel Grigorij irgend etwas aus seinem vor kurzem in Stücke gegangenen Leben ein. Noch die kleinsten Ereignisse erschienen jetzt als verhängnisvoll und bedeutsam. Und allmählich steigerte er sich wieder in die zügelloseste Aufrichtigkeit hinein, in einem Anfall von schamloser Verzweiflung einfach alles erzählend. Andrej Petrowitsch hörte mit Besorgnis und Interesse zu. Dieses fremde, so schonungslos vor ihm enthüllte Leben wirkte in seinem Gemüt als dumpfer und quälender Druck nach.

Spät, nach ein Uhr, wünschten sie einander gute Nacht und zogen sich in ihre Schlafzimmer zurück. Der Gast hatte einen der leergewordenen Räume erhalten, der ihn traurig und rätselhaft empfing. Er trat ans Fenster. Es war nichts zu erkennen: hinter den blinden Scheiben dröhnte der unaufhörliche Regen. Über der Welt schien ein stetes, gelassen-trostloses Stöhnen hörbar, unterstützt vom leisen Geschluchz und Geplätscher des regengepeitschten Grases.

Andrej Petrowitsch schlief unruhig. Zwischen den häufigen Phasen von Schlaflosigkeit, während denen das immer gleiche stete Gedröhn des Regens zu hören war, sah er im Traum die lange, winddurchsauste Allee und tote Blätter, die sie bis zum Horizont füllten. Sie regten sich, raschelten, diese unheilvollen gelben und scharlachfarbenen Blätter, während neue fielen und fielen, endlos wie der Regen da draußen vor dem Fenster. Rasch zeigte sich hinter den nackten Stämmen Nina Alexejewna und blieb vor ihm stehen. Krankhaft verzerrt ihre Lippen, die Augen halb offen. Was hat sie bloß? Sie streckt beide Arme aus, als suche sie bei ihm Hilfe. „Wäre der Körper demnach von solcher Macht?" – sagt jemand dumpf in den Zweigen. Andrej Petrowitsch dreht sich schnell um, aber niemand ist da. Und wieder fallen die Blätter, sie fallen und fallen, sie kreisen und schaukeln, verweben sich zu einer glänzenden Decke, die sich über die Erde legt. Jetzt wird auch er selbst überstreut von harten Blättern, er hört ihr Geknister, spürt ihren kitzelnden Fall, ihren modrigen, feuchten, bitterherben Geruch. Andrej Petrowitsch sieht sich nun im verwüsteten Park liegen, und ein Leichentuch wird über ihn gebreitet. Doch droben sind immer noch Schritte hörbar, und jemand spricht stockend und dumpf. Die Wörter sind nicht zu verstehen, sie sterben dahin im Blättergeschwirr. Vielleicht ist es Nina Alexejewna, die ihn um Hilfe ruft, oder Grigorij, der sich in kraftloser Verzweiflung bei jemandem ausweint über seine geschändete Liebe.

NEBEL

Den ganzen Tag über herrschte ein Unwetter. Endloser Schnee, und in den Schornsteinen wehmütiges Windsausen.

Koslowski fühlt sich schon seit dem Morgen nicht sonderlich wohl: irgendein vager Kummer, und auch die Einsamkeit bedrückt. Zum Abend hin wurde es unerträglich, im Hotelzimmer zu bleiben: Besser wäre es, auf die Straße zu gehen, durch den Nebel zu streifen, sich Passanten und flimmernde Ladenfenster anzusehen. Vielleicht legt sich der Kummer ja, flaut die Erregung ab ...

Rasch zieht sich Koslowski an und geht ins Treppenhaus. Steigt langsam hinab und schreitet zerstreut am Portier vorbei, der vor ihm strammsteht. Schon fällt hinter ihm die Ausgangstüre zu: Er ist auf der Straße. Im ersten Moment erstarrt er sogar, ist verblüfft.

Eine nasses, feucht-weißes, langsam umherkriechendes Schleiertuch verdunkelte die Straße. Die Laternen in der Nebelfinsternis sind wie fahle, verwaschene Flekken. Oben – ein unermeßliches Flackern, ein silberntrüber Wirbel. Vom grauen, vereisten Pflaster bis hin zum Himmel, der nicht zu sehen ist – ein dicht schwebender, zuckender, undurchdringlicher Schnee.

Koslowski geht in den Nebel hinein, ohne zu sehen wohin, ohne an ein Ziel zu denken. Soweit es die Finsternis erlaubt, betrachtet er die Passanten, beschaut er die Straßen, die Häuser. Seltsam und geisterhaft wirkt die Straße. Die Seele – voll Gleichmut und Müdigkeit.

Leise, eintönig fällt der Schnee. Die Flocken schaukeln, flattern entkräftet in der Luft: lassen sich schüchtern auf dem Hut nieder, heften sich an die Wimpern, ans Gesicht. Am Himmel – kein einziger Stern, als wären alle Gestirne zur Erde herabgefallen – in Form dieser schüchternen Flocken ...

Koslowski sieht sich die Passanten jetzt genauer an. Wohin ziehen sie, was bereitet ihnen Kummer? Auf allen Hüten, Haaren und Schultern liegt Schnee, aus der Nähe in farbigen Funken glitzernd. Fast alle auf der Straße erscheinen seltsam. Als würden alle vor jemandem Schutz suchen – ob hinter den hochgeklappten Krägen, ob zur Seite weichend. Alle gehen sie eilig vorbei mit feigen, unfreundlichen Mienen. Etwas Häßliches und Entstelltes zeigt sich in allen Gesichtern.

Eine große Straße. Zahllose Lichter – bunt, doch von gleicher Traurigkeit. Eine gedrängte Kette von Equipagen, unbeständig, beweglich und dennoch lückenlos. Heulend weht das schleichende Lied einer Straßenbahn heran, und rhythmisch steigert sich ihr aufgeregtes Klingeln. Scharf krächzen die Automobile und sausen vorbei, wie riesige, unbekannte Vögel.

Wie viele Erinnerungen weckt diese Straße! Abgelebte Vergangenheit, ferne Abende, vergessene Begegnungen. Koslowski ist traurig. Wie lange ist es her, daß er seine noch unverbrauchte Jugend zum ersten Mal herbrachte, von jemandem arg gescheucht und schließlich eins geworden mit dieser Straße und Menschenmenge. Krank und beschmutzt ging er von hier fort – die Straße jedoch ist nach wie vor machtvoll und lockend, und andere, jüngere kommen jetzt her, wie er selbst.

Alles fällt wieder ein. Noch beinahe ein Knabe geht er hier entlang und studiert unentschlossen die müßige Menge, die beleuchteten Mienen der Passanten. Damals schien alles so seltsam, so geheimnisvoll zu sein. Es schreckten und zogen doch mächtig an diese Frauen mit den rosa Wangen und den besorgt umherhuschenden Blicken. Mit einer von ihnen, einer bleichen und schlanken, fuhr er einmal in einen Randbezirk. In der Droschke – ein unerfahrener Junge – küßte er sie wie seine Braut.

Es sind Jahre vergangen, er hat sich verändert – doch die Straße ist die gleiche geblieben. Die gleichen fest aneinandergewachsenen Häuser, breite Ladenfester und die vertrauten, traurig grüßenden Laternen. Sogar die Menschen, sogar die Passanten haben sich nicht verändert: als wären es immer noch dieselben. Koslowski glaubt, daß er sie jetzt alle wiedererkennt, Männer wie Frauen. Hier, diese blonde Prostituierte mit dem gedunsenen, rosa-grellen Gesicht, und diese hagere mit dem hellblauen Hütchen, oder jene kleine und lustige mit dem Maulwurfsgesicht, die ihm eben, scheinbar zufällig, in die Seite stieß. Und die Männer – alles alte Bekannte: Studenten mit schwarzen Bärten, verbummelte Stutzer, Dicke mit aufwärtsragenden roten Schnauzern. Er kennt sie alle, er hat sie hier alle schon einmal gesehen.

Plötzlich fühlte er, wie er vor Angst erblaßte. Welch eine seltsame Ähnlichkeit! Der gleiche langsame, ein wenig schaukelnde Gang und der furchtsame, schreckhaft mürrische Blick. Aber dann diese eingefallenen, mit bedrohlicher Röte bedeckten Wangen und dieser fremde, gleichsam bettelnde Mund! Ist sie es wirklich?

Soweit es der Nebel erlaubte, begann er die Frau zu beobachten. Ja, sie ist hier, auf der Straße: schreitet ganz ziellos auf und ab. Irgendein dicker Herr im braunen Mantel mit aufwärtsragendem rotem Schnauzer holt sie jetzt ein. Ohne sich umzuwenden, ohne ihn anzusehen, verlangsamte sie dennoch die Schritte, und in ihrer ruhigen Langsamkeit drückte sich etwas Erwartungsvolles aus: Bereitschaft und Erwartung.

Koslowski blieb sofort stehen. Von Erinnerungen überflutet. Daran, wie sie früher einmal gewesen war – zutraulich und zärtlich – als sie ihm ihre erste Liebe schenkte. Er hatte ihr das Glück versprochen. Und er hatte sie aufgegeben und verlassen ... Man müßte doch zu ihr gehen, ihr etwas erklären, sie um Verzeihung bitten ... Koslowski blickte eilig zurück.

Doch wo ist sie hin? Schon schlendert sie an der Seite des dicken Herrn. Jetzt nähern sie sich zusammen einer Droschke. Jetzt hat sie der Nebel erfaßt und versteckt.

Koslowski stürzte in die Gasse, in die fahle, zähfließende Finsternis. Mit lautem Krächzen sausten zwei Automobile vorbei. Es schien, als verfolgten sie ihn, es schien, als renne ihm jemand lärmend und grölend hinterher. Bis nach Hause ist es weit – wo Zuflucht finden?

Noch immer wird die Stadt vom Nebel beherrscht. Dumpf, umklammernd, saugt er alles ein, überdeckt alles. Und wieder fällt Schnee: ohne Anfang und ohne Ende. Oder ist es der Himmel, der langsam zusammenbricht: zerbröckelnd in diese unaufhaltsamen Flocken?

EIN GESPRÄCH ÜBER DEN FRÜHLING

Es ist wieder Frühling, ein goldener, ein heller, ein strahlender Frühling! Ein lichter, ein weicher, ein fahler Himmel, so makellos und so freudig rein. Es riecht nach Frühling, es riecht nach Erde, die feucht, zerfurcht und von Frühlingsstrahlen erwärmt ist, und das erste Grün ist so schön, so samtig-smaragden. Die Sonne, die Strahlen – ein Angelusläuten der Freude, ein Angelusläuten des Lebens! ... Wenn auch nichts mehr im Leben bleibt, es lohnt sich ja doch zu leben, nur um diese duftende Wonne der Frühlingsstrahlen trinken zu dürfen.

Was sagst du über den Frühling?

– Ich denke, auf mich wirkt der Frühling von Jahr zu Jahr trüber, und meine Empfindung für ihn stumpft ab. Früher, da schienen mir all diese vagen und süßen Frühlingsgefühle und Eindrücke auch – greller, subtiler und tiefer. Jetzt ziehen sie von ferne an mir vorüber und sind außerhalb meiner selbst: weder berühren noch bewegen sie meine sich gleichsam hinter etwas verschanzende Seele. Mir ist, als hätte sich zwischen mich und die Welt ein luftig-nebliger Schleier gelegt, welcher von Jahr zu Jahr dichter und finsterer wird.

Die Welt weicht irgendwo hin, tritt zurück, und ich bleibe allein. Ich bin – wie ein Wanderer im Sommer, der sich von Kopf bis Fuß in einen Mantel gehüllt hat, um sich vor dem lustigen, lärmenden Sommerregen zu schützen, und auch, sich den Spritzern, dem Perlmutttröpfeln verschließend, weder den blauen, aufklarenden Himmel sehen kann, noch die Sonne, die wieder so freudig lächelt. Wenn ich ein weißer Greis sein werde und mir das Leben sämtliche Säfte aus meinem einst so prächtigen Haar und jegliche Kraft aus meinen allmählich erlahmenden Muskeln saugt, dann werde ich unverletzlich dastehen, gehüllt in einen gepanzerten, unerschütterlichen, nichts mehr wahrnehmenden Gleichmut. Eine junge, schaukelnde Birke erzittert vor jedem aufflatternden Lüftchen – am alten, ausgetrockneten Stamm einer längst verstorbenen Eiche wird auch ein starker Sturm nicht rütteln können. Ich grüble darüber, warum die Augen eines neugierigen Jungen, die mit solch einer erstaunlichen Strahlkraft die ganze Welt zu erfassen wußten, warum diese Augen auf einmal zum Leben so gleichgültig sind? Ich bin traurig darüber, daß mich der Frühling nicht mehr erfreut. Es liegt vermutlich am Leben.

ICH FAHRE WEG

Schon fallen schwer schallend und besorgt die Schläge der Signale – eins, zwei, drei – das dritte Signal – scharfe, durchdringende, herzzerreißende Pfiffe – und langsam und gleitend setzt sich der Zug in Bewegung. In der Luft flimmern Tuchzipfel und Hüte, in Abschiedsgesten strecken sich Arme und Hände, doch unerbittlich und machtvoll wird alles mit dem Bahnhof zusammen fortgespült. Fortgespült wird auch die gläsern-metallische Dämmerung des Bahnhofs, und von überall her bricht herein, prasselt hernieder das unbegrenzte Gestrahl des Himmels und die grüne Schrankenlosigkeit der Felder ... Ich fahre weg.

Schneller und freier werden die Radumdrehungen und heftiger, häufiger der Rhythmus ihrer trockenen und klappernden Melodie. In das anfangs noch fließende Lied der Bewegung mischen sich jetzt flinke und freiere Klänge – Läufe aus Eisen, Triller aus Stahl.

In trunkenen Umarmungen stürzt der Himmel herab und es breitet sich unaufhörlich aus, brandet an und strömt gleichsam bis in die Seele hinein das großzügig ausgerollte Gewebe der Felder. Und hier, von der Seite her, weichen noch, betrübt, auf ihrem Rückzug – Fabrikschlote, Hinterwände von Häusern, irgendwie traurig-entblößt, abgerieben und heftig-schwer; eilig ergreifen die Flucht, gleichsam im Lauf hüpfend, die niedrigen Sommerhütten mit grünen Gemüsegärten und Zäunen. Immer rasender, immer unaufhaltsamer saust die unüberblickbare grüne Ferne heran – wie irgendein schwungvoll ausgerolltes Gepfiff. Und hier, wie auf ein unsichtbares Band gereiht – von jemandem rückwärts gezogen – betrübte Kirchen, wackelnde Linden, farbige Häuserwände. Sich drängelnd fallen sie träge in einer verworrenen Kreisbewegung zurück, stoßen von Zeit zu Zeit zusammen, und eine Reihe überholt die andere ... Ich fahre weg.

Ach, mit diesen weichenden Wänden und rückwärtsgezogenen Glockentürmen sollen auch sie fortgespült werden – dahin, ins Unwiederbringliche, Stumme, Erstorbene – alle hier verlebten Jahre! Allmählich legen sich, fallen ab, diese mich lang schon umstrickenden Hüllen.

Ein heftiger, starrsinniger Wind zieht durchs Fenster herein: Eine Freude, ihm Gesicht und Kopf hinzuhalten! Er soll mir das Haar hochschleudern, zerraufen! Tief atme ich ein, diese schrankenlosen Felder, und jedesmal, wenn sie auf mich zu, mir entgegen eilen – kommt es mir vor, als eilten sie in meine Seele, und ich nähme sie endlos in mir auf.

Der Atem, so frei, so frei ... Wie vieles ist abgestreift, wie vieles ist von mir abgefallen – und blieb für immer dort, zwischen diesen im Halbkreis weichenden Bauten. Fünfundzwanzig Jahre lang bin ich zwischen ihnen umhergegangen, ohne mehr aufzuschauen, und jedesmal legte sich ihr Gepräge mir auf die Seele. Ist es nicht so, daß ich nur wegen dieser schlaffen und fahlen Linien selber so schwach und so unschlüssig bin? Ist es nicht so, daß ich wegen ihrer mangelnden Kraft und Beschwingtheit an gar nichts glaube und zu allem gleichgültig bin? ...

Sause mir durch die Seele, Wind, zerrauf mir die Haare! Reiß diese alten Erlebnisse ab, diese belastenden Prägungen – wie verwitterte, zerschlissene Fetzen, wie Herbstlaub, dessen erstorbener Haufen das Gemüt verschüttet. Ich will wieder frisch und neu sein und dem Neuen und Fremden frei meine Seele öffnen!

Felder, Felder – hier ist nichts, außer den grünen Feldern und zarten Frühlingskeimen, wie erst vor kurzem von der Egge durchkämmt. Und an der Seite – der bläuliche, neblige Ring des Waldes. Die Ferne ist so frei, daß es beinahe unglaubhaft scheint, irgendwo da hinten könnte sie versklavt sein vom finsteren Ungetüm der Stadt, voller Lärm, ohne Rast und Ruh, voller Ferment von Millionen huschender Wesen, unheimlich und wirr. Ach, ich bin von dort weggegangen und habe meine Erinnerungen zurückgelassen! Und es erscheint mir unglaubhaft, daß derjenige, der so lange dort lebte, ich gewesen war.

Da kommt ein kleiner Junge an der Hand seines Kindermädchens durch die Straße. Mit unersättlicher Neugier sieht er sich um. Und das soll ich sein? Wie war damals alles so wichtig, bedeutsam, erfüllt von tiefem, verborgenem Sinn. Wieviel Geheimes barg jede Straßenecke, wie unwiderstehlich legten sich in die Seele die Umrisse und Verbindungen der Häuser, ihre seltsamen, welken Farben! Wie aufregend, wie verlockend war es, durch eine noch fremde Gasse zu gehen! Die Augen waren weit aufgetan – für alle Eindrücke des Lebens, und die Eindrücke legten sich grell und scharf ab, und der Blick war bereit, die ganze Welt zu fassen. Jetzt spannt sich nur noch ein dunstiger Schleier zwischen mir und der Welt, und nur selten, nur in den Phasen ernster Brüche und hellseherischer Veränderungen kann ich die Welt mit solchen forschenden, weit aufgerissenen Augen anschauen, daß sie sich genauso scharf und bedeutsam im Gemüt widerspiegelt ...

Ein frostiger, grünlich-grauer Morgen. Es ist kalt, es ist dämmerig, die Sonne fehlt, und jeder weiß – sie wird auch nicht kommen. Am Boulevard sind die Bäume mit Schnee bedeckt. Belastet, vereist sind die dünnen, gebeugten Zweige von der Schneekruste, die sie zusammenpreßt. Die Telegraphenfäden sind mit Rauhreif verbrämt, als wären sie zu eisigen Ketten geworden, geschmiedet für diese vom Winter geknechtete Stadt. Es ist kalt: eilig, betrübt und bekümmert ziehen sie vorüber, die schwarzen, eingewickelten Menschen.

Ich warte. Nur ich allein schreite langsam – immer auf derselben Stelle, von der gelben Kirche bis zur Ecke der Gasse, wo in dem kleinen Lädchen, obwohl es Morgen ist, schwach ein rötlich-geschwollenes Feuer schwelt. Wann wird sie, wann wird sie kommen? Wann zeigt sich endlich am Ende der Straße ihre schöne, dünne Gestalt, ihr schleichender Schritt, ihre Pelzmütze und -stola mit dem kleinen, weißen, gefletschten Zahn? Denn in ihr ist alles: das gesamte Glück und die heimliche, bebende Liebe – verwandelt sie nicht das Leben in schmachtend-verzückte Seligkeit? Doch war das Glück nicht in ihr ...

Und der da – auf der von bunten Lichtern befleckten Straße – bin das auch ich? Ein seltsamer, feucht-zärtlicher Schleier von Nebel und Nässe legte sich über die Straße, verzerrt und vage verschwimmen darin die

Laternenlichter. Vorbei ziehen Frauen: Geheimnisvoll und aufgedunsen sind ihre Gesichter, die Worte grob. Es ist unheimlich, diesen Frauen in die Augen zu schauen, denn ihre Überlegenheit ist deutlich spürbar – Überlegenheit in der Lebenskenntnis, im langen Leiden, in irgendeiner tiefen, unbegreiflichen Tragik. Und es liegt eine Wonne darin, jede von ihnen zu begehren – und dabei ihre heimlichen, verborgenen einstigen Reize zu erraten ... Seltsam waren damals die feucht-zerfließenden Laternen über der Straße, und zart umgab alles – ein leiser, versöhnender Nebel ...

Oh, saust fort, fallt von mir ab, ihr Erinnerungen und vergangenen Larven meines Ichs! Weicht zurück, wie diese auseinanderlaufenden Bäume, wenn unser Zug wie ein dröhnendes Geschoß oder eine rasende Schlange in deren Dickicht einbricht. Da laufen sie zurück, und unaufhörlich flimmern vor mir ihre flüchtigen Wipfel.

Er jagt noch immer vorwärts, unser beflügelter Zug, auffressend den Raum, die unüberblickbaren Felder und Wälder, mit Gedonner zerdrückend die Brücken und Flüsse. Oder ist es der Raum, der ihn verschluckt, und wir stürzen ins Grenzenlose des Abgrunds?

Schon fallen rechts dichte Dampfschwaden, als seien es Wolken – dem Himmel entrissen, zur Erde geflogen und zu weißen Visionen angewachsen. Gleichmäßig und selbstsicher klingt das rauhe Lied der Bewegung mit den flink angespielten, häufigen Sechzehntel-Noten.

Schwirrt fort, ihr Täler, treibt weg, ihr Wälder, fallt ab, ihr Erinnerungen und vergangenen Larven meines Ichs! Ich will neu und jung sein, wie die Augen eines neugierigen Knaben wird meine wiedergeborene Seele sich der Welt öffnen! Noch viele grünende Felder werden in sie blicken mit ihrer smaragdenen Ferne, noch viele Wälder werden in sie hinein ihre geheimen Lieder säuseln. Als bleiche und unvergeßliche Prägung spiegelt sich darin das majestätisch-kristallene Bergmassiv. Mutig und flammend wird sie dann sein in jenem Reich, das erschaffen worden ist vom Kraftimpuls der Natur, wo ihre Schöpferträume erhaben und zügellos waren.

Und es spiegeln sich in ihr die ungestümen Bauwerke der Völker mit einer schönen und erhabenen Vergangenheit, mächtig brechen in sie hinein die verzückten Melodien der gotischen Türme, die Harmonie der Paläste und Kathedralen der maßvollen Renaissance. Und schließlich blickt in sie mit zahllosen Augen das ob seiner Erhabenheit trunkene Meer, und die Seele wird genauso grenzenlos sein.

Brich herein, Wind, zerrauf mir das Haar, befrei mir die Seele! Wie eine rasende, von einer Flamme verzehrte Schlange dringt der Zug in den Abgrund des Raumes. Weiter, weiter – verrückter, entzückter! Alles wurde zurückgelassen, abgeworfen, vergessen – ich bin anders, ich bin jung – einer jungen und neuen Welt öffnet sich unzerteilt die Seele!

IN DEN BERGEN

Die Berge waren wundervoll: rosa vernebelt, lila, zartgrau, sie schienen blasse Schemen zu sein. Ist das vielleicht nur Dunst, verdichtet, zusammengerollt in der beharrlichen Glut der Sonne? Oder sind es geronnene Wolken, zur Erde herabgefallen und hier auf ewig erstarrt?

Es war nicht immer möglich, gleich auf den ersten Blick festzustellen, ob es sich um Berge oder um Wolken handelte. Alles veränderte sich – mal gestreckt, mal gebogen – sie wichen zurück und bewegten sich langsam, diese so sanften Gebirgsmassen, während wir zwischen ihnen dahinschritten.

Als sich endlich und unerwartet der See vor uns öffnete – überwältigte er mich. Funkelnd-strahlend, ganz und gar von Licht durchrieselt. Eine kaum merkliche Kräuselung blendete mich mit ihrem grellen, regsamen Glanz. Sie verlockte, rief, erleuchtete – diese wundervolle Wasserweite.

Doch schon nahte der Abend. Leiser, sanfter, erschlaffter wurden die Strahlen. Schon ließ sich die Sonne ansehen, schon schloß sich, lohte nicht mehr so sehr, war schon vom Schlummer erfaßt ihr feuriges Auge. Sanft gelbe, rosarote, sandfarbene Streifen überzogen laufend den Himmel. Verträumt und eifersüchtig spiegelte sie sogleich der See.

Nachdem ich noch über dem stiller werdenden, schmachtenden, halb schlafend flüsternden See gelaufen war, begab ich mich in ein nahegelegenes Städtchen, um einen Ort zum Schlafen zu finden. Die Beine waren von der Wanderung müde, ich suchte Ruhe.

*

Die Stadt war klein, eng und schmutzig. Zwei Hotels, die ich unterwegs fand, stießen mich ab: zu ungepflegt und zu teuer. Ich ging aufs Geratewohl weiter. Bald wurden die Straßen breiter und sauberer: dies war offensichtlich der bessere Teil der Stadt. An der nächsten Ecke erblickte ich ein graues Täfelchen: „Zimmer zu vermieten". Ich folgte den Angaben und stieg in den dritten Stock, wo ich auch gleich ein Zimmer bekam. Es war nicht groß, schien mir aber sauber und bequem zu sein, wenn auch zugestellt mit lauter Möbelstücken. Hier standen Sofas, eine Chaiselongue, mehrere Etageren und eine Lampe auf einem hohen Gestell, umwunden von Papierblumen. Vermutlich hatten hier lange Zeit Frauen gewohnt, so daß noch immer deren gemütliche Ordnung erhalten geblieben war. Die Wirtin, die mir das Zimmer zeigte, fand ich sympathisch. Eine kleine und hagere Alte im schwarzen Kleid mit seltsam gespanntem und freundlich strengem Gesicht. Ohne lange zu überlegen, mietete ich mir das Zimmer für eine Woche. Zumal direkt vom Fenster aus die Berge zu sehen waren, nunmehr matt und dunstig-lila.

*

Die Nacht verbrachte ich gut und schlief, fast ohne aufzuwachen. Nur manchmal – ob im Traum, ob im Wachen – glaubte ich um mich herum ein leises und sanftes Klingeln zu hören. Ist es womöglich all dieser Porzellannippes auf den Etageren, der so zart klingelt? Und sofort wurde ich von Kommoden, Schränken und Etageren umringt, doch kurze Zeit später waren es Berge – rosa, lila und grau – die mich umdrängten. Wie aus ihrer Mitte herausgelangen? Dabei wollte ich gar nicht herausgelangen. Die Sonne schien, die Berge beugten sich teilnahmsvoll, und etwas klingelte zart ganz nahe am Ohr. Vielleicht sind es die Glöckchen irgendeiner ländlichen Herde? Oder die Kristallschälchen auf der Kommode und die alte, lustige, bauchige Uhr?

Als ich am Morgen die Augen öffnete, stand eine warme Sonne im Zimmer. Wie sich herausstellte, hatte ich gestern sogar vergessen, die Gardinen herunterzulassen. Auf dem Rücken liegend, begann ich mit Neugier mein Zimmer zu betrachten. Warum auch immer: es wirkte fragil und ein wenig altmodisch, als würde es irgendeine längst vergangene Gemütlichkeit bewahren. Es erinnerte an die hagere Alte, dessen Wirtin, doch da war auch noch etwas anderes. Auf den Sofas lagen mit Seide bestickte Deckchen, ebenso auf den Tischen. Eine Wand war, wie ich erst jetzt bemerkte, ganz mit Photographien behängt.

Ich setzte mich sogar im Bett auf, um sie besser sehen zu können. Irgendwelche Mädchen in weißen und dunklen Kleidern. Mal älter, mal jünger. Oder ist es ein und dieselbe Person? Ich konnte es nicht für alle Bilder behaupten, doch für die Mehrheit stand es zweifellos fest. Überall dasselbe liebe und bescheidene Gesicht einer jungen Frau mit sanften Augen und einem etwas zu großen Mund. Und hier noch als ganz kleines Mädchen, aus irgendeinem Grund vor einem hohen geschnitzten Stuhl stehend. Das ist sie auch, es sind ihre Züge, es sind ihre traurigen Augen. Einige Bilder zeigten ein pausbakkiges kleines Kind und zwei andere Photographien einen Mann mit Bart und in Militäruniform.

Ich legte mich wieder ins Bett. Mir war nicht nach Aufstehen, so als müßte ich noch etwas überdenken. Und das ging so gut im Liegen. Doch der Gedanke verlor sich – neblig und eigenwillig – so daß ich selber nicht mehr verstand, über was ich nachdachte. Beim Ankleiden besah ich den Raum erneut. An den Wänden hingen geschnitzte Regale mit farbigem Porzellan darin. In einigen standen Sträuße aus Trockenblumen. Der ganze Schreibtisch war schier übersät mit Schachteln, verschiedenen Tintenfäßchen, Briefbeschwerern und noch zahlreichen anderen Gegenständen, die allesamt zu nichts weiter zu gebrauchen waren und nur Platz wegnahmen. „Ich werde die Wirtin bitten, das alles wegzuräumen", sagte ich mir, „sonst kann ich ja nirgends schreiben". Und ich sah auch hier Blumen – auf der hinteren Ecke des Tisches standen getrocknete Blumen in einer gelben Porzellanvase. Und daneben lag ein aufgeschlagenes kleines Notizbuch mit sich spreizenden Seiten. Das alles erinnerte an irgendeine Präsenz, an irgendein Leben, das hier seit langem sorgfältig schaltete und waltete. Aber dennoch schien das Zimmer unbewohnt und verlassen zu sein, und auf einigen Gegenständen entdeckte ich eine dünne Schicht Staub.

*

Bald klopfte die Wirtin. Heute bemerkte ich, daß ihr Gesicht eine dunkle Farbe hatte und voller feiner Falten war. Und ungeachtet der Freundlichkeit lag darin etwas Gespanntes und Strenges. Sie erkundigte sich danach, wie ich geschlafen hätte und ob ich etwas benötigen würde. „Nein, danke, es ist alles bestens", antwortete ich und freute mich darüber, daß ich in der Tat mit allem zufrieden war. Aber dann fiel es mir wieder ein, und ich fügte hinzu: „Wenn Sie vielleicht nur den Tisch ein wenig freiräumen könnten. Sonst ist es nämlich zu eng und ich kann nirgends schreiben." Dabei lächelte ich.

Sie schien nicht sofort zu begreifen. „Ach, das da, gut, gut", doch dann fügte sie plötzlich bestürzt hinzu: „Ich weiß nur gar nicht, wohin ich es tun soll. Genau so hat es meine Tochter zurückgelassen." Die letzten Worte flüsterte sie irgendwie bedeutsam und mit einem gezwungenen Lächeln.

– Ihre Tochter? – fragte ich verwundert. Und wollte noch weiter fragen, wo ihre Tochter denn sei, wagte es aber nicht.

Die kleine Alte erzählte es selbst.

– Hier ist nämlich alles so geblieben, wie es zu ihren Lebzeiten war, wie sie es selbst aufgestellt hat. Sehen Sie, das ist sie. – Und die Alte zeigte auf eine der Photographien. – Ach, sie war ein großartiges Mädchen.

Und ich verstand: Dies hier war jener trostlose, unermeßliche Schmerz, der von nichts anderem sprechen und denken läßt, der das ganze Gemüt, das ganze Leben ausfüllt. Mit wehmütigem Mitleid sah ich die Alte an. Und erst da erriet ich, daß ihr schwarzes Kleid tiefe

Trauer bedeutete, und in ihrem gespannten Gesicht las ich schrecklichen, untröstlichen Schmerz.

– Ist Ihre Tochter schon lange tot? – fragte ich möglichst sanft und teilnahmsvoll, eine bewußt traurige Miene aufsetzend, obwohl sie mir auch ohnedies leidtat.

– Vor sechs Monaten, es sind schon sechs Monate. – Die Alte trat näher zu den Bildern an der Wand. – Das ist alles sie – hier noch als Mädchen, und hier ein Jahr vor dem Tod.

Ich betrachtete die Photographien mit neuem Interesse. Die Tote sah mich traurig und bleich an.

– Was für sanfte Augen sie hatte ... – sagte ich, weiß Gott warum.

– Ach, sie war ein erstaunliches Mädchen. Von allen geliebt. Sie war gerade mit dem Gymnasium fertig, hatte eine Goldmedaille erhalten. Und jetzt ist sie nicht mehr da.

Ich sah, daß die Alte von nichts anderem mehr reden konnte – nur von ihrem unermeßlichen, alles erdrükkenden Leid. Dabei sprach sie leise, ein wenig streng und so, als redete sie nicht wirklich zu mir. Mir schien, daß sie gleich losweinen würde.

– Ist das Ihr Gatte? – fragte ich und zeigte auf das Bild mit dem bärtigen Mann in Militäruniform. Ich wollte das Gespräch in eine andere Richtung lenken.

Ja, das war ihr Gatte. Und auch er war verstorben – vor dreizehn Jahren. Von ihm sprach sie vollkommen gleichgültig, beinahe schon widerwillig. Nach seinem Tod hatten sie und ihre einzige Tochter nur füreinander gelebt.

Und wieder erzählte sie mir von der Tochter. Von ihrer schönen Stimme und dem Gesangsunterricht, mit dem sie begonnen hatte. Ihr Tod war durch galoppierende Schwindsucht in nur zwei Wochen verursacht worden. Aber schon während des ganzen Lebens soll sie sehr schwach und kränklich gewesen sein.

Nachdem die Alte fortgegangen war, ergriff mich der Wunsch, mir das Zimmer noch einmal und noch näher anzuschauen. Doch es war noch genauso schweigend-geheimnisvoll. Und indessen strömte die leuchtende Sonne längst machtvoll durchs Fenster. Ich nahm meinen Strohhut und begab mich in die Berge.

*

Frisch und zügig schritt ich auf einem sich schlängelnden Gebirgspfad. Mit jeder Biegung, mit jedem Anstieg öffneten sich vor mir neue Berghänge. Die dünnen, sich neigenden Bäumchen, die darauf wuchsen, ähnelten zarten, lockigen Mädchen, die eilig herablaufen. Ein leuchtender, rufender, überflutender Himmel. Es zog mich hinauf, immer höher, mitten in ihn hinein.

– Was ist schon der Tod? Gibt es einen Tod? – fragte ich mich beharrlich. Und es kam mir so vor, als verstünde ich die Frage nicht. Aber dennoch war ein junges, zartes Mädchen gestorben, das leben wollte. Wieso eigentlich? Ist das etwa nicht grausam und sinnlos?

Ich erinnerte mich an einen Gedanken, der mir einmal plötzlich bei einem Gespräch gekommen war, nämlich daß jeder Tod in Wirklichkeit Mord sei, weil er immer gewaltsam geschehe. „Vielleicht kann auch nur der

Selbstmord als natürlicher Tod gelten", sagte ich damals. Und es hatte damals so klar und so treffend geklungen. Doch jetzt war mir gar nichts mehr klar. Ich stieg weiter und weiter in den Himmel, der mich nun ganz zu umfangen schien und leuchtend und blau war.

An den Seiten des Bergpfads sind in einer einzigen dicken Schicht alte, vertrocknete Blätter angehäuft. Sie sind tot und wirken wie Moder und Rost. Der Himmel strahlt aber trotzdem. Und vielleicht ist der Tod ja nur eine Rückkehr in irgend etwas Wahrhaftiges, in irgendeine strahlende, allumfassende Einheit ...

Ich setzte mich auf einen kalten, von Moosfetzen bewachsenen Stein mit harten Rippen. Das Städtchen lag jetzt ganz unten und erschien geisterhaft malerisch – grün und weiß durch Wände, Dächer und Gärten. Und hinter ihm Berge – von hier aus wirkten sie vollkommen fremd. So war der nächste Berg vorhin noch ein prächtiges, samtenes Zelt gewesen, ganz weich und flauschig von den ihn bedeckenden Fichtenwäldern. Jetzt aber hatte er sich ausgestreckt zu einer niedrigen, flachen Kuppel, schwer auf die Erde herabgesackt. Und hinter ihm hatte sich eine felsige, finstere Wand hervorgeschoben, und noch weiter weg ragten zwei mattrosafarbene Gipfel auf, die von der Stadt aus nicht zu sehen sind.

Ich stieg noch weiter und höher. Den Kopf zurückgeworfen, atmete ich berauscht die frischere Luft ein. Der Himmel wurde stets sanfter, und mir kam es vor, als beträte ich jetzt wirklich den Himmel. Es war ein Genuß zu denken, daß er mich gleich umfängt und erfaßt mit seiner Bläue.

*

Als ich mich abends in meinem Zimmer schlafen legen wollte, kam mir in den Sinn, daß mein Bett vermutlich das nämliche Bett sei, in dem Lina, die Tochter der Wirtin (den Namen hatte ich am Morgen erfahren), gestorben war. Es stand kein anderes Bett im Zimmer, und es war ja ihr Zimmer gewesen. Ich betrachtete das Bett mit einer gewissen Verlegenheit. Aber, ruhig und bescheiden, gab es seine Geheimnisse nicht preis, und wie viele Geheimnisse – unglaublich und brennend – birgt jedes Bett.

Mir fiel ein, daß ich einen Brief schreiben mußte. Halb ausgezogen setzte ich mich an den Schreibtisch. Erst jetzt bemerkte ich, daß die Wirtin hier wirklich etwas aufgeräumt hatte: Ein Teil der Gegenstände war in eine Ecke geschoben, andere waren auf die Kommode gelegt worden. Ich meinerseits machte mir auch noch etwas mehr Platz. Aber bereute es gleich wieder. Als eine Respektlosigkeit der Toten und ihrem Willen gegenüber, beinahe als ein Sakrileg erschien mir dieser Eingriff in all das Fremde, das von ihr übriggeblieben war. „Willst du jetzt auch noch ihre Notizen und Briefe lesen?" sagte ich vielleicht als Reaktion auf eine heimliche Versuchung zu mir selbst.

Ich lag im Bett und dachte, daß hier eine junge Frau gestorben ist, daß sie hier von qualvoller Agonie geschüttelt und von Fieber gewürgt worden ist. Und sich das vorzustellen, das alles nachzuempfinden, war irgendwie schwer. Aber auf diesem Stuhl da muß wohl ihre verstummte Mutter gesessen, ihren Kopf gehalten und ihre letzten Atemzüge entgegengenommen haben.

„Egal, es wird immer so sein: Alles Lebende gründet sich auf das Gestorbene", quoll es mir wieder und wieder hervor aus dem Hirn. Ich fühlte mich langsam hinüberdämmern, seltsam fremd und gefühllos wurde allmählich der Körper, als würde er irgendwohin verschwinden. „Die Erde kann schon mit gebrochenen Augen gepflastert werden." Wessen Worte sind das? Ich meine, sie in den Tagebüchern des jungen Hebbel gelesen zu haben. Und wieder fühlte ich, daß ich gleich einschlafen würde. „Vielleicht träume ich ja von diesem toten Mädchen, auf dessen Bett ich schlafe ..."

Dies war mein letzter Gedanke. Danach verschwand ich irgendwohin: Ich schlief.

*

Am Morgen war ich ein wenig verwundert, denn offenbar hatte ich überhaupt nichts geträumt. Nach der gestrigen Wanderung war mein Schlaf gesund und fest gewesen. Ich fühlte sogar eine gewisse Enttäuschung. Wieso rächt sich niemand für mein Sakrileg? Ist sie etwa schon machtlos hier, die Besitzerin dieses Zimmers? Oder ist ihr nun alles egal?

Es war wieder ein wundervoller Tag. Nach Kaffee und Frühstück ging ich von neuem in die Berge. Ich nahm ein Buch mit, weil ich vorhatte, dort den ganzen Tag über zu bleiben. Die Wirtin hatte ich an diesem Morgen nicht zu Gesicht bekommen. Abends legte ich mich mit dem glühenden Wunsch hin, im Schlaf etwas Außergewöhnliches zu sehen. Bin ich denn so unsensibel, so unverschämt gesund, daß auch gar nichts auf mich noch Eindruck macht? Mir kam sogar der Gedanke, bewußt den Zorn der Verstorbenen zu wecken. Ich griff nach dem kleinen Buch auf dem Tisch und begann darin zu blättern. Doch da standen nur ein paar Adressen und irgendwelche unverständlichen Zahlen.

Geträumt habe ich nur von Bergen, rosa und durchsichtig, sie neigten sich über mich, sie verließen weich ihre Plätze. Ich ging zwischen ihnen mit jemandem. Vielleicht mit der verstorbenen Lina, vielleicht auch mit einer anderen. Irgendwie vermischte sich alles im Traum. Ich sagte wohl auch etwas zu meiner Begleiterin, aber ich weiß nicht mehr, was.

Die nächsten Tage verflossen beinahe genauso. Einige Male schaute die kleine Alte nach mir. Sprach wieder von ihrer Tochter, einmal weinte sie auch in meiner Gegenwart. Tatsächlich war die Tochter in diesem Bett gestorben. In den Armen der Mutter, und die letzten Tage müssen wohl äußerst qualvoll gewesen sein.

Tagsüber setzte sich die Alte einen kleinen, altmodischen Kopfputz auf und ging zum Friedhof. Zurück kam sie meistens am Abend und hatte verweinte Augen. Einmal bin auch ich zum Friedhof gegangen. Lange schlenderte ich zwischen den Gräbern und auf den Gräbern herum. Dachte daran, daß hier wirklich alles mit gebrochenen Augen von Menschen gepflastert sein könnte.

Obwohl ich recht lange über den Friedhof lief, sollte es mir nicht gelingen, das Grab von Lina P. ausfindig zu machen. Statt dessen stieß ich auf sieben gleiche Kreuze, die in einer Reihe standen. Die Kreuze waren aus Gußeisen, stark verrostet, grau-gelb und braun. Eins von ihnen zerbrochen. Dem Reiseführer zufolge hatte ein hiesiger Blaubart dort der Sage nach seine sieben Frauen begraben. Vor diesen Kreuzen blieb ich eine Zeitlang nachdenklich stehen. Vielleicht verwesen hier schöne, junge und zarte Frauen, oder vielleicht sind sie auch längst schon verwest. Trotzdem – andere leben und lieben noch. Über ihren Gräbern sprießen üppige Akaziensträucher, und würzig und süß duftet der Jasmin. Was ist schon der Tod?

Einige Tage später verließ ich die Stadt. Ich dachte nicht länger an die verstorbene Lina oder die sieben Frauen des Blaubarts. Die Berge waren geheimnisvoll-deutlich, die Berge erstreckten sich entlang meines Weges, begleiteten mich, und andere nahmen mich liebevoll in ihren schattigen Schößen auf. Machtvoll und zärtlich umschlangen mich die Berge. Und endlos und strahlend war der blaue Himmel.

IN DER WELT DER UNSTERBLICHKEIT

In der Reihe der bewohnten, kummervoll dreinblickenden Häuser scheint das Museum in irgendeinen alten Gedanken, einen stillen, unantastbaren Traum vertieft. Es muß sofort zwischen den anderen Häusern auffallen: so fern ist es dem hastigen Großstadtleben, so ruhig-verschlossen.

Ich stehe an seinen Stufen. Mächtig türmen sich über mir die Säulen der Enfilade. Es ist ein Genuß für den Blick, über deren streng-zarten Granit zu gleiten – hinauf zu den still träumenden Kapitellen. Grau mit weißem Durchschimmern ist dieser Marmor wie ein dämmernder Himmel, wie die Grenzenlosigkeit der Weltenräume.

Geheimnisvoll ist die Stille der Säulen. Ob hier noch die Stimmen des Vergangenen schlummern, Getöse und Geschrei, Flüche und Hymnen der abgeschiedenen Jahrhunderte? Könnten sie eines Tages erwachen und alles übertönen?

Die weite und freie Treppe zieht hinauf wie stürmische Oktavenläufe. Es ist unheimlich, diese Welt der Unsterblichkeit nach den bunten Traumgesichten des Lebens zu betreten. Wie von einer eifersüchtigen, unbestechlichen Wache wird sie von einer strengen Säulenreihe beschützt.

Den Kopf zurückgeworfen, blicke ich hoch. Zwischen den prächtig farbigen Kapitellen schweben, breiten sich aus: seltsame schillernde Wesen. Sind dort erstarrt im berauschenden, schwirrenden Reigen. Weit aufgetan sind ihre blauen und feurig-roten Gewänder. Hinter Schultern und Haaren rinnt die unendliche Sonne.

Was ist das? Wo bin ich? Die Seele hält es nicht mehr länger aus in der unheimlichen Begeisterung, in der flammenden Demütigung. Und schon verschmilzt sie geheimnisvoll mit diesen schillernden Wesen, wird eingeflochten in diesen farbigen Reigen. Betrachte ich etwa mich selbst mit zahllosen Augen von überallher?

Ein großer, stiller Saal. Ruhig ist das dunkle Karmin der Samttapeten. In schweren goldenen Rahmen, wie in Grüften, schlummern Ritter und Prinzessinnen. Geheimnisvoll sind ihre Träume, der Ewigkeit beigegeben.

Langsam gehe ich von Bild zu Bild und bleibe lange vor ihnen stehen. Heilige Frauen lächeln mir leise entgegen. Das Haupt auf die Schulter gelegt, schließen sie halb ihre Augen. Vor dem goldenen Hintergrund, dem Schwall der unendlichen Sonne breiten sich wie prächtige Schmetterlinge ihre grellen Kleider aus.

Und daneben – rosa-goldene Leiber der Göttinnen – wie paradiesische Früchte. Sie sind zart und durchsichtig wie eine von Tau gefüllte Blume, wie die Haut eines reifen Pfirsichs, die bereit ist zu platzen.

Ich gehe immer weiter. Die Säle flimmern, mal himbeerrot, mal blaß-grün, mal matt-gelb wie reifer Roggen drapiert. Aus den goldenen Grüften der Ewigkeit blicken mich an Gesichter von Träumern mit veilchenblauen Augen und heimlich lächelnden Lippen voller prophetischer Ahnungen. Ihre dunklen Gewänder hängen schwer zur Erde herab. Eine seltsame, geisterhafte, verkleinerte Ferne erscheint hinter ihnen, als sei sie von einem Wetterleuchten aufgeschlagen worden, unfähig, sich rechtzeitig wieder zu schließen.

Und hier sind blasse Infantinnen und abgezehrte Königinnen. Kraftlos hängen ihre zierlichen Hände herab, beschwert mit Ringen. Wie eine schäumend-zerfallende Wolke sind ihre Spitzenkrägen. Sie haben kastanienbraunes oder goldenes Haar und schwarze oder himbeerrote Atlaskleider. Und diese hier, die jüngste und zarteste, trägt die gesamte irrsinnige Pracht von weißem Atlas. Schwer und üppig erschimmert er mit einem Farbton von altem Silber, mit einem Schillern von Bronze, mit einem Glänzen von Stahl und verbirgt in den Falten dunkle und violette Schemen. Und all diese in schäumende Kaskaden zerfallende Pracht wird wie von sich anklammernden Händen von bronzenen Schnallen mit Königswappen gehalten.

Doch blaß wie Perlen und durchsichtig sind ihre Arme, traurig die Augen, welche den Traum des Lebens noch nicht vergessen haben samt all dem, was sie von Liebe erträumten. Und auch jener Ritter mit dem schwarzen Bärtchen, der sie über die Schulter hin unverwandt anblickt, hat traurige Augen, auch er erinnert sich an den Traum seines Lebens.

Andere Säle, andere Farben, andere Träume. Gedankenversunken komme ich von einem Portrait nicht los. Traurig und staunend sehen mich Augen an, die nicht an das Leben glaubten. Weiße, entblößte Schultern, die schon zu Lebzeiten unbelebt zu sein schienen. Schwarze Spitzenärmel überschatten nicht den Marmor der Hände: er ist köstlich-fragil und zart. Sie war eine Sängerin. Sie glaubte nicht an das Leben – an diesen schmeichelnden Traum. Als das wahre und ewige Leben liebte sie nur die Kunst. Langsam starb sie dahin, ihre Seele den Tönen weihend.

Ich habe mich längst verirrt in den dämmrigen und stillen Sälen. Endlos erstrecken sich die Decken, verziert mit Stuckfriesen, flimmern stets neue Basreliefs, schwärmerisch farbige Fresken. Da öffnet sich vor mir eine weitere Welt: schlanke Säulen aus Malachit bewachen sie. Hier sind die Göttinnen bereits den goldenen Rahmen entstiegen, haben ihre üppigen Mäntel und leichten Hüllen fallenlassen und umringen mich nackt und zärtlich weiß von allen Seiten. Teilnahmsvoll geneigt die Leiber, nachdenkliche Windungen der Hälse. Als würden sie ihren Atem einen Augenblick anhalten, bedekken sie verschämt ihre Nacktheit. Kühn blicken Jünglinge auf sie, die mit dem ganzen Körper in sich die Sonne aufnehmen.

Köstlich und unheimlich, erfreuend und demütigend war es. Und fühlbar – hier ist das wahre Leben und die Unsterblichkeit. Und der weiße Saal schien sich bereits in die Ewigkeit auszustrecken, und die Säulen aus Malachit hoben sich bis in den Himmel ... Immer weiter zerfloß das Gold der Fresken. Die ganze Welt ist voll von diesen Göttinnen, diesen Mädchen und Göttinnen, diesen Rittern und diesen Prinzessinnen, herausgetreten aus ihren Rahmen.

Und der Wunsch stieg auf, in Begeisterung und Demütigung zur Erde zurückzukehren. Und der Wunsch zu bleiben, mit dieser Welt der Unsterblichkeit zu verschmelzen. Aus langen und schwierigen Träumen erwachte die Seele ...

EINE BEGEGNUNG MIT IHR

Heute Nacht sah ich sie im Traum. Weiß Gott warum. Ich denke schon lange nicht mehr an sie. Ich erinnere mich weder an den Traum noch an das, was ich zu ihr oder sie zu mir sagte, an nichts von all dem Komplexen, Bizarren und Faszinierenden, was im Verlauf der ganzen Nacht über mein Bewußtsein herrschte: geblieben ist nur ein dumpfer, immer weiter tönender Nachhall – daß sie es war, die mir im Traum erschienen ist.

Wie seltsam! Woher und warum ist das wieder aufgestiegen? Irgendwo in der fernen Jugend – vielleicht auch Kindheit – sehe ich ihre blau-grüne Seidenbluse auf einem Weihnachtsball bei uns zu Hause, ihre großen, unheimlichen Augen, die noch größer zu werden versprachen, und das zarte, samtene und unfaßbar schöne Oval ihres Gesichts – wie irgendeine fragile und seltene Frucht aus dem Süden. Und das ist die stärkste Erinnerung an sie ...

Aber nicht nur dieser Traum. Erst gestern Abend, als ich zerstreut durch die mir unbekannten Straßen dieser Stadt schlenderte, nur ab und zu vor der ungestümen Schönheit einer Kathedrale oder dem anmutigen Pathos einer Säulenreihe haltmachte und die kommenden Stunden heraufbeschwor, da ich mich an ihrer Marmormusik berauschen würde – erschauerte ich plötzlich. Ist sie es wirklich? Dort in der Menge, auf der anderen Straßenseite? Ein fließender Gang, wie das Gleiten eines Schwans auf einem schlummernden See, und etwas Vertrautes, das mich soeben erschauern ließ – in den fallenden Linien der Schultern und Arme. Ist es wirklich sie? Ich eilte vorwärts und wechselte, sie überholend, die Straßenseite, so daß ich ihr nun entgegenschritt. Nein, sie war es nicht. Dieses Gesichtsoval ist nicht von einer zarten und strahlenden, sondern von einer sengend-erbarmungslosen Sonne umweht. Es ist auch nicht frisch und sanft wie bei jener aus meiner fernen Kindheit, um den Mund laufen vielmehr triste und dunkle Falten. Rasch ging ich vorbei. Es war nicht sie. Aber noch lange danach dachte ich mit leichter Erregung an diese überaus seltsame Begegnung. Deshalb also der Traum? Oder steht hinter dem Traum und der Begegnung noch etwas Drittes, von dem ich noch gar nichts weiß, das ich jedoch vage vorausahne?

*

Da gehe ich durch diese mir noch unbekannte und rätselhaft berückende Stadt, die fasziniert und berauscht wie die erste Begegnung mit einer Frau, die mir vom Schicksal für eine lange und zärtliche Liebe bestimmt ist. Vor dem erregten Blick erstehen ungestüme Kirchen – wie verzückte Schreie nach einem Wunder, empor zum Himmel geworfen –, schwirrt das fragile Schnitzwerk eines gotischen Glockenturms, über den sich sogar die Zeit als machtlos erweist; nur im Läuten einiger Glokken und Uhren mit müden und brüchigen Stimmen wird deren dumpfe Gewalt hörbar. Wie riesige Schwingen – weit verteilt die prächtigen Pavillons der Paläste; siegergleich auf die Erde gestellt – die mächtigen Säulen der Theater.

Ist sie denn hier, und sollte es meine Bestimmung sein, sie wiederzusehen? Sind dieser Traum und diese mich gestern so irritierende Begegnung – ein Schicksalswink? Ich gehe still und achte nicht mehr auf die schlanken Ziergiebel und die erlesenen Balustraden, ich denke nur noch an die Begegnung mit ihr, irgendwann in der fernen Jugend, an ihre blau-grüne Bluse auf dem Weihnachtsball bei uns zu Hause. Wie lange das her ist. Wie naiv und sanft unsere Kindheitsromanze doch war, geflochten aus gegenseitigem Nichtverstehen, der Scheu vor den eigenen Gedanken und der Furcht, sich irgendwie zu verraten. Wir sprachen kein einziges Wort über Liebe und haben uns offenbar doch geliebt. Dann reiste sie ab, und ich hörte, daß sie krank sei und gezwungen, im Süden zu leben. Aber ich bin überzeugt, daß ich sie wiedererkennen werde, ganz gleich, wie lange es her ist. Wie ist sie wohl jetzt – der Schwarm meiner Kindheit, wie ist sie gezeichnet worden – von der Zeit, von der Krankheit und von der Liebe?

*

Seit einer Woche bin ich in dieser Stadt und warte noch immer auf eine Begegnung mit ihr, zutiefst überzeugt davon, daß sie hier ist. Gestern sah ich die Eine wieder, die ihr so ähnelt, und fühlte schon wieder jene schreckliche, wirre Erregung. Ja, das gleiche Gesichtsoval, der gleiche Gang – wie das Gleiten eines Schwans auf einem spiegelnden See, nur die Augen sind fremd, müde und grausam, und rings um den Mund dunkle und traurige Falten. Sie ist es nicht, nein – zu unauslöschlich ist meine Erinnerung. Doch ist es schon lange her, und sie wird sich wahrscheinlich verändert haben. Alle Städte, in denen sie lebte, allein, ohne mich, alle Bergpfade, auf denen sie wanderte und die mir unbekannt sind, alle Bücher, die sie las, sowie Krankheit und Liebe – alles spiegelt sich jetzt in ihrem Blick wider, das Gesicht verwandelnd. Und wie vieles davon ist mir verschlossen geblieben.

Da gehe ich wieder vorbei an den feierlichen Kathedralen und dem jubelnden Ebenmaß der Paläste, die ich inzwischen kenne und die sich wahrscheinlich auch mir in Gemüt und Gesicht eingeprägt haben. Aber ich halte jetzt nicht mehr berückt und erregt vor ihnen und lasse die Seele nicht länger mit ihrer steinernen Harmonie verschmelzen.

Ich will ihr begegnen, ich muß sie sehen, das ist mir jetzt klargeworden. Mag die Begegnung auch grenzenlos traurig und viel zu spät sein. Selbst wenn ich sie kaum erkennen sollte. Ohne Rast durchforste ich nun die belebtesten Straßen der Stadt und spähe mit scheuer Erregung nach jeder fernen Frauengestalt. Könnte ich doch wenigstens der Einen begegnen, jener Seltsamen, Rätselhaften, die ihr so unheimlich und so erschreckend ähnelte. Aber sie ist ebenfalls fort. Wo ist sie, wo bist du? Ich habe sie nicht vergessen, unsere erste Begegnung in ferner Jugend auf dem Weihnachtsball bei uns zu Hause, ich habe es nicht vergessen, unser sanftes und wortloses Glück. Und ich warte auf seine Wiederkehr ...

EINE BEGEGNUNG IM PARK

Gestern Abend, als ich zur gewohnten Stunde am bunten Pavillon im unteren Teil des Parks vorbeiging, dort, wo sonntags das Streichorchester spielt, kam es erneut zu jener Begegnung, die meine Aufmerksamkeit schon einige Male zuvor auf sich gelenkt hatte. An einer Alleebiegung wurde mein Weg von einem Mann gekreuzt, der Arm in Arm mit einer jungen und eleganten Frau ging – sie trug ein stählernes, silbriges Kleid und einen prächtigen Hut, der sich in einer Art heftigen Hysterie verzog. Der Mann war nicht mehr jung, und seine nicht sonderlich große, zerbrechliche Gestalt war von Gedanken und Müdigkeit gezeichnet, das Gesicht bewahrte tiefe Geistesruhe. Hals und Rücken der Frau, schwanengleich hochgeschwungen, ihr Gesicht, erleuchtet von einem perlmutternen Lächeln, und die Augen, heiß unter den schmetterlingshaft erzitternden Wimpern – zeugten von glühender Genußsucht, von angespanntem und sengendem Leben. Er sah mich zerstreut an, irgendwie distanziert und still; sie zuckte unruhig, wobei ihr Lächeln noch blendender und noch perlmutterner wurde. Daraufhin wandte sie sich rasch von ihm ab, vielleicht um den Eindruck, er sei ihr Gatte, ein wenig zu dämpfen. Ich bemühte mich, schnell vorbeizukommen, um in ihm nicht irgendeinen besorgten Verdacht zu wecken.

… „Was ist das nur? – grübelte ich im Weitergehen auf einem Weg, der von Thujen und Zypressen eingeengt war. – Warum bleibt sie denn seine Frau, sie, die so schön, so jung und so leidenschaftlich ist – bei ihm, der sich ganz der schrankenlosen Knechtschaft des Geistes verschrieben hat? Schließlich muß er für sie ja ganz unverständlich und langweilig bleiben, er, dem es nicht einmal gelingt, ihr den Glanz und den Überfluß zu bieten, wonach ihre Schönheit so herrisch verlangt. Fühlt er denn nicht selbst das stumme Zerwürfnis zwischen dem Werk seines Lebens, dem Dienst am Geist – und jenen erbarmungslosen Ansprüchen ihrer Schönheit? Oder macht es ihm gar nichts aus, sein Werk zu veräußern, bloß um ihren leidenschaftlichen Leib in das stählerne, silbrige Kleid hüllen zu können, das all ihre Liebhaber bewundern, und später, nachdem sie es ihr erregt und eilig ausgezogen haben, genauso vernachlässigen werden, wie sein Werk und seine Gedanken? Oder weiß und begreift er alles, doch es gefällt ihm, die Liebestragödie in diesem verführenden Bild zu ertragen, welches ihm das Recht gibt, dieselbe zu verachten, weil er sie als derart glänzend und tief erkannt hat? …" Sein leidenschaftsloses, besonnen-stilles Gesicht ließ mich beinahe auch daran glauben.

Und noch lange rätselte ich über dieses Geheimnis, über diesen bläßlichen Mann, erniedrigt vor der Herzlosigkeit des Schönen, und über diese blasierte Frau, gekleidet in die verkauften Gedanken ihres Gatten.

DAS MEER HAT GELOGEN

Er fuhr zum Meer – müde und bedrückt von dumpfer Wehmut. Glaubte, am Meer Heilung finden zu können. Ersehnte bei der Anfahrt bange jene Minute, in der es ihm wieder seinen Glanz in die Augen stoßen, ihn blenden und mit seiner regsamen Weite betäuben würde.

Es ist gewaltig, es ist mächtig hier, das unermeßliche Meer: Noch ist es nicht zu sehen, doch ist die Luft schon reich durchtränkt von seiner salzigen, herben Frische, alles ringsherum ist getauft durch seine Stärke, und in der Ferne sein schweres Gedröhn.

Wie unerträglich, hier krank und geschwächt zu sein, mit ausgelaugtem Leib und gleichgültiger Seele. Weit besser wäre es zu brüllen – dem Meer zum Gruß!

Es ist Abend. Gleb ist bereits auf dem Balkon seines Sommerhauses. Unten – der verträumte, erstarrte, gleichsam benebelte Garten. Da erhebt sich die Nacht, anschmiegsam und geil, mit irrem Lächeln auf den farblosen Himmeln ... Die nächtliche Kühle hat schon ihre weißen Schleier hervorgezogen. Doch ist sie nicht still, die Nacht: Erfüllt ist sie von Gebraus – von nimmermüdem Gebrodel und Gedröhn. Als würde das Meer sich empören und vorwärts schreiten im großen, rauschenden, taumelnden Sturm. Gleich spritzt seine salzige Gischt bis hierher, gleich faucht es zwischen den dunkelnden Zweigen.

Gleb beugt sich über den Garten, blickt in dessen erstarrte Finsternis. Sich dann wieder aufrichtend, atmet er langsam und tief die frische Luft in sich ein. Ist etwa auch hier keine Heilung zu finden? Würde etwa auch hier unablässig und zehrend jenes erbarmungslose Bild über ihn herrschen, jene gewaltige und traurige Liebe? Das wundertätige Meer – wird es sich etwa als machtlos erweisen? Tief eingeatmet – soll es doch wiederbeleben ...

Er sinkt in den Sessel, wirft den Kopf zurück, schließt die Augen. Im Dunkeln erscheint vor ihm trübe das traute Bild. Die langen vorgestreckten Arme, der blasse, schlanke Hals, und da: die Lippen, halb offen, launisch verzogene, verlockende, stolze Lippen. Weshalb sind die Augen denn nicht zu sehen? Prächtig zerwühlt die goldenen Strähnen, wie ein sich aufwärts bäumender Helm. Doch nein, es langt: nicht die gewollten Qualen, nicht die unerträglichen Wonnen dieser krankhaften Liebe ... Gleb springt vom Sessel auf. Er ist jetzt am Meer und atmet seine Stärke. Rausche nur, rausche, du Meer.

Schnell überquert er die Terrasse. Öffnet beim Gehen den Kragen, löst die Krawatte. Es ist gut, Hals und Brust unbedeckt der Nacht hinzuhalten. Angelangt an dem Glas, das die Terrasse an den Seiten schützt, trommelt er darauf grübelnd mit den Fingern. Blickt lange zum Himmel hinauf, sucht Sterne. Der Himmel ist fahl – verhalten und rätselhaft –, und übergeschnappt scheint die Nacht zu sein, so bläßlich entblößt. Und fern das stete, das unaufhörliche Dröhnen.

Ist es etwa schon Morgen? Rings huschen besorgte Brisen, regen sich Bäume, rufen einander Mürrisches zu, tauschen Blicke. Über die Neige des Himmels strömt ein grün-gelber Schimmer. Oder ist das die Spiegelung des Meeres, das seinen Glanz dorthin emporspritzen läßt? Und noch immer erdröhnt, und noch immer verausgabt sich das Meer ... Was für Versprechen macht dieser gewaltige Lärm?

*

An einem klaren Abend ist er am Meeresstrand. Er geht nicht allein, sondern mit seiner neuen Bekannten – Klawdija Andrejewna. Sie hat schwarze, beinahe feuchte Augen und eine verschmuste Art, sich zu bewegen.

Sie reden viel, lachen oft, werfen sich flüchtige Blicke zu. Zwischendurch bleiben sie stehen – um das Meer zu betrachten. Die Füße versinken im weichen, rieselnden Sand, verfangen sich manchmal in langen grünlichbraunen Algen, die von den Wellen an Land getrieben worden sind.

Wundersam ist der Abend am Meeresufer. Leise plätschert, kaum merklich regt sich das Meer: als wäre es ermüdet vom Tage; es möchte sich friedlich hinlegen, aber die eigene Macht und Übermäßigkeit stören es. Und am sanften, entzückenden Himmel sind rosa- und himbeerfarbene Rinnsale. Noch höher Wolken aus Spitzentüll – feines weiches Gewebe. Losgerissen vom Webstuhl, zerlöst in einzelne Fasern: ganz durchschimmernd – zart und zitternd.

– Das ist ein Wunder ... – sagt Gleb über den Himmel – ein Wunder, das wir nicht bemerken, weil wir es täglich erleben. Aber es gibt Momente, in denen alles wieder unglaublich erscheint. Momente der Erleuchtung.

Sie schaut ihn neugierig an.

– So sehr lieben Sie die Natur? Weshalb waren Sie dann bis jetzt in der Stadt? Wie seltsam Ihr Name ist – Gleb.

– Seltsam? Warum? Gefällt er Ihnen nicht?

– Er paßt nicht zu Ihnen. So hart und so kalt. Oder doch? Sehen Sie, wie viele Boote heute auf dem Meer sind.

Sie gehen weiter. Das weiße, weiche Gewebe vor ihnen wird immer zarter und flauschiger. Und schon wirkt es wie weißer Pelz auf azurnem Futter. Stellenweise leicht hochgeschlagen, so daß die seidene Unterseite hervorschaut.

– Etwas Seltsames haben Namen an sich ... – spinnt sie ihren Gedanken fort. – Ein bloßer Name könnte ausreichen, um sich unsterblich in diesen zu verlieben.

Er blickt sie von der Seite an. Schön kommt sie ihm vor, ein wenig geheimnisvoll, und sie lockt ihn seltsam, beunruhigt ihn. Was für sinnliche Gesten sie hat. Und auch am Gespräch ist etwas Kokettes, Gedehntes, Würziges.

– Setzen wir uns hier? – Er weist auf einen runden grauen Stein am Wasser.

Sie schaut sich vorsorglich um, setzt sich dann schweigend, ordnet die Röcke. Er nimmt neben ihr Platz. Der Stein ist nicht gerade groß und sie sind einander sehr nahe: die Ellbogen berühren sich.

– Sie leben hier schon lang? Immer am Meer? Sind richtig verwachsen mit ihm?

Sie gibt keine Antwort und kritzelt etwas mit dem Schirm in den Sand. Der Sand fließt rasch in die Furchen:

es ist nicht zu erkennen, was. Über ihre Hand gebeugt, paßt er auf. Und entziffert: Gleb.

Er fühlt es auch ohnehin – sie treibt mit ihm irgendein Spiel. Sie bezirzt ihn, sie lockt. Vielleicht ist sie eine Botin des Meeres, eine Meeresprinzessin – und sein Glück und seine Heilung? Sie ist betörend schön.

– Und Sie sind am Meer geboren? Sind ganz von hier? Seltsam, daß Sie brünett sind. Und Meeresprinzessinnen haben für gewöhnlich grüne Augen.

Er empfindet quälende Erregung. Sieht von oben auf den Ausschnitt ihres Spitzenkleides. Beim Sprechen und Lachen erzittert dort sichtlich bewegt eine milchweiße Brust. Jetzt aber atmet sie berauschend und fließend.

– Was für zarte Haut sie haben ... – sagt er zögernd.

– Ja? In der Tat. – Sie bestätigt es durchaus gelassen. Dreht sich ihm dann mit rätselhaft-verlogenem Lächeln zu und streckt ihren Arm aus. Er nimmt ihn und küßt ihn beim Ellbogen.

– Ist gut ... – sagt sie leise. – Es ist unbequem hier auf dem Stein. Gehen wir.

Ganz anders färbt sich auf einmal der Abendhimmel. Wo ist diese prachtvolle himbeerrote Linie im Osten geblieben? Sie ist fort: Alles hat sich geschwind und seltsam gewandelt. Es ist jetzt ein lila und silbriggrauer Himmel, und es herrscht darin eine helle und reine Stille. Nur hie und da sind matte, gelbliche Flekken: eine Patinaschicht auf kostbarer Bronze. Die weißen Wolken füllen sich mit schillerndem Licht: Es sind die goldenen Flügel eines in den Höhen irrenden Aeroplans.

– Ist Ihnen der Gesprächsstoff ausgegangen? Sie müssen etwas sagen. Sehen Sie mich an, sehen Sie den Himmel an! – Im letzten Satz schwingt ein heiterer, leichter Spott mit.

Aber der Himmel beschäftigt ihn nicht länger. Er versucht jetzt, neben ihr zu gehen, so nah wie möglich. Streift sie wie beiläufig, faßt ihre Hand. Betrachtet den Ausschnitt des Kleids, immer trunkener vor lauter Nähe, von ihrem Atem, vom festen und schlanken Leib. Was ist das – Liebe? Oder bloß Begehren? Es spielt keine Rolle, es spielt keine Rolle.

– Eine Sache könnten Sie mir erzählen ... – schlägt sie nachdenklich vor. – Irgendeine ihrer Lieben. Vielleicht Ihre schönste Liebe.

– Meine schönste Liebe? Tja, ich weiß nicht, da fällt mir nichts ein ... – Und dann verlangsamt: – Vielleicht habe ich noch nie geliebt.

– Noch nie geliebt? Wie das? Warum?

Sie ist interessiert: Sie dreht sich ihm halb zu, mit diesem leicht süßlichen Lächeln.

Ein seichter, dunkler, sehnender Blick. Diese Lügnerin!

– Ich mag nicht davon erzählen. Ich hatte wohl kein Glück. – Er faßt wieder ihre Hand. – Wie wäre es ... Bringen Sie es mir doch bei – zu lieben.

– Ich? – Sie lacht. – Vielleicht kann ich es ja selbst nicht. – Dann zieht sie die Hand weg und weicht ein wenig zur Seite.

Der Strandpark füllt sich bereits mit Dämmerung. Wirkt streng und feucht. Und wie hoch, wie schlank die Tannen sind!

– Kommen Sie hier lang. Sie werden mich doch begleiten? Ich gehe nach Hause.

– Schon nach Hause? Warum? Gehen wir nicht noch ein bißchen am Meer spazieren?

Sie ist einverstanden. Noch ein wenig laufen schadet ja nicht. Das Meer ist ergraut, aber auch so – stählern und würdevoll – ist es noch schön.

Sie gehen ganz nah nebeneinander. Unentwegt sieht er sie an, denkt an ihren Körper, an das Glück, ihn zu lieben.

– Sie verlieren eine Nadel. – Er berührt ihren Kopf. Was für weiches Haar.

Sie lacht leise. Er will sie, verrückt vor Begierde, ihm wird schwindelig. Da ist sie, die Heilung!

An einer Wegbiegung umarmt er sie plötzlich und heftig.

– Nicht doch, nicht doch! – versucht sie sich loszureißen. Die Frisur durcheinanderbringend umschlingt er ihren Hals, nichts hörend, wie betäubt, drückt ihren Kopf an sich, bis er sie fühlen kann, Lippen an Lippen. Verbeißt sich gierig in ihr.

– Bitte nicht ... – wehrt sie sich schwach.

Schließlich läßt er sie los.

– Ein Wahnsinniger ... Was soll das? Gehen Sie jetzt, ich werde es schon allein schaffen ...

Er protestiert.

– Wo wollen Sie hin? Bleiben Sie bei mir. Wir werden noch weiter spazierengehen. Da – es ist Nacht. Geh nicht, Klawdija. Ich liebe dich, ich will dich ... – Er versucht sie wieder zu umarmen. – Komm mit mir, komm in den Wald ...

Er zittert. Doch sie wird auf einmal undurchdringlich kalt.

– Sie haben den Verstand verloren! Leben Sie wohl. Es wird Zeit für mich ...

Nervös zucken ihre Schultern. Unschlüssig blickt er sie an. Hatte denn nicht sie ihn angelockt, sind sie nicht gemeinsam am Meer gewandelt? Das Meer hatte sie trunken gemacht, hatte sie einander geweiht.

Er horcht unwillkürlich. Das Rauschen des Meeres hat sich immer noch nicht gelegt, nicht beruhigt. Drohend nimmt es hinter ihren Rücken zu.

Sie verabschieden sich am Gartentor. Hier darf er sie küssen. Trunkene, feuchte Lippen hat sie. Ein brünstigentfärbtes Gesicht. Rasch verschwindet sie hinter dem Zaun.

In trunkenem Irrsinn ging er nach Hause. Schwer und verstimmt dröhnte in der Nähe das Meer. Schon wieder murrte es, war beunruhigt. Er ging schnell und sah nicht, wohin. Noch erinnerte er sich, noch spürte er auf seinen Lippen ihre Küsse. Was ist das – Glück?

Angenehm schwirrt ihm der Kopf, der sich mit etwas Trübem und Zuckendem füllt. Wohin gehen, auf welchem Weg? Überall Wald. Und es rauscht das Meer.

*

Ein strahlender Mittag – und Gleb liegt am Meer. Er liegt auf dem Rücken, die Hände unter dem Kopf. Wie warm der Sand ist, wie leuchtend der Himmel! Und ganz nah ist das Meer – ein zahmes, dressiertes Tier. Beinahe nicht hörbar, es ist verstummt: mit zusammengekniffenen Augen rekelt es sich in der Sonne. Der Himmel – ein sanfter, sich leicht kräuselnder blauer Rauch: er tritt weiter und weiter zurück. Es ist schön am Meer, entzückend schön.

Es lebt der schillernde Strand. Immerzu taucht jemand aus dem Wasser, läuft schnell zum Sand, reißt die entblößten Beine hoch. Zwischen den trockenen, glühenden Steinen spielen Kinder mit schrillem Gekreisch. Wie viele Frauen sind wieder im Sand: Da liegen sie, wärmen sich wohlig die Leiber. In farbigen Badeanzügen balgen zwei im Hintergrund. In endloser Reihe ziehen sich die bunten Kabinen hin.

Gleb dreht sich auf dem Ellbogen um und wirbelt perlenden Sand auf. Doch jetzt ist es unbequem. In die Falten des Anzugs, die Taschen, den Ärmelaufschlag ist Sand gekommen. Und auch im Haar sind harte, knisternde Körnchen.

Gleb beugt sich vor. Wie er doch wunderbar ist, dieser Sand. Staunend, wie etwas noch nie Gesehenes betrachtet er die zahllosen Körnchen. Sie sind gelb, rot, schwarz und durchsichtig-weiß wie Glas. Vor allem die weißen sind zahlreich. Gleb hält den Sand auf der Handfläche, läßt ihn genüßlich zwischen den Fingern rinnen: wie ein Geizhals seine heilig gehüteten Taler.

Irgend jemand Buntes rennt schnell den steilen Berg herab, stürzt sich mit Anlauf und Schwung in die Tiefe. Tönendes Platschen und hohe Spritzer ... Ein silbrigfeuchter Strauß. Oh, glücklich ist, wer kühn ist und stark, wer nackt ist im Wasser und auf dem heißen Sand!

Gleb setzt sich auf, um das Meer zu sehen. Grau-blau ist es, dafür aber im grell-weißen, blendenden, wogenden Schuppenkleid. Aus Sonnenlichtern gewoben ist dieses Schuppenkleid. Nahtlos und fest in der Ferne, an den Ufern dagegen verschlissen, brüchig und bröckelnd: es scheint der dunkle Meeresleib hindurch. Und hier – wie in ein glitzerndes Panzerhemd ist es gewandet, das Meer.

Gleb dreht sich dem Ufer zu. Es ist übersät mit Leibern: überall Frauen und Kinder. Wie faule Tiere mit ihrer Brut liegen die Frauen am Strand. Sie sind von der Sonne erwärmt, ihnen ist wohl, und sie denken an nichts. Was unterscheidet sie also von Tieren?

Man muß sein wie sie – Körper und Tier. Noch freier, noch stärker sein. Gleb rekelt sich im Sand, breitet die Arme aus. Jetzt loslaufen, sich ins Meer stürzen wie der Schwimmer von eben? Eine von diesen faulen Frauen packen mit ihrem weißen Leib und den gelangweilten Augen?

Ja, er wird sie packen, sie nehmen, jene, die ihn umschmeichelt hat, jene, die er geküßt hat, die ihm am trunkenen und prächtigen Abend das Meer geweiht hat. Und er wird sein Glück finden – im brünstigen, schwülen Paradies. Wie stockt ihm das Herz ...

Da zwang ihn plötzlich etwas, sich umzuwenden. Er hob den Kopf. Über ihm, ganz, ganz nahe, stand Klawdija Andrejewna.

– Auch hier? – lächelte sie. – Sie liegen in der Sonne? Und fühlen sich gut?

In einem leichten weißen Kleid, mit nacktem Hals, lachend und heiß – reichte sie ihm die Hand.

*

– Und fertig. – Sanft umarmte Klawdija ihren Liebhaber. – Zufrieden?

Er lag still da, blickte unverwandt die weiße Verkleidung der Tür an. Wie öde ist diese Tür. Und auf den Tapeten – was für plumpe Motive.

– Schon nichts mehr zu sagen? – fragte Klawdija, schmiegte sich an ihn und machte es sich gemütlich. – Na ja, schließ einfach die Augen und schlafe. – Sie zog ihn an sich. – Armer Junge.

Das erstaunte ihn ziemlich. So viel Verständnis hatte er nicht von ihr erwartet. Ist sie sehr klug oder nur übermäßig erfahren? Aber spielt das jetzt eine Rolle?

– Was ist das? Hörst du dieses Rauschen? Ist das Regen?

– Nein, das Meer. Es hat die ganze Zeit über so gerauscht. Hast du es etwa nicht gehört?

Er streckte sich rücklings aus, den Kopf nach hinten geworfen.

– Laß uns die Augen schließen. Dann wird es sein, als wären wir am Strand. Mir ist schwindlig. Als werde ich hin und her gewiegt von den Wellen.

– Und ich schlafe ein. Ich darf doch? – Sie legte sich etwas bequemer hin. Ein paar Minuten später war sie ganz still.

Er begann sie zu betrachten.

Die Hände an die Brust gedrückt – ein wenig kindlich. Das ist so seltsam bei ihr, einer großen und weißen Frau. So seltsam auch, daß sie es ist, daß sie zusammen sind, sie beide – diese weißen, nebeneinander ausgestreckten Körper.

Sie öffnete die Augen.

– Fast wäre ich schon eingeschlafen. Ich glaube, ich habe bereits geträumt. Ja, daß wir beide zusammen im Meer schwimmen, zwischen den Wellen.

Sie drückte sich zärtlich an ihn.

Er fühlte sich kalt und gleichgültig, fing aber trotzdem an, ihren Hals, ihre Schultern zu küssen. Es muß doch ein wenig wie Glück aussehen. Heute ist ihre erste Nacht.

– Wie seltsam das alles ist ... – Er sprach es mit einem spürbaren Zögern.

– Was – ist seltsam? Wieso?

– Nun, das alles – die Liebe. In der Liebe erfährst du auf eine besonders verblüffende Art: Du bist Körper.

Er begann Sie zu liebkosen. Ihren Körper küssend, fragte er halb scherzhaft:

– Bist du das? Hier auch? Und hier? Überall nur du? Wie kommt das?

Dann setzte er sich auf dem Bett auf und blickte sich um.

– Schau, wir haben sogar vergessen, die Vorhänge zu schließen. Was für ein Wind – die Bäume schwanken. Am Meer sind wahrscheinlich jetzt ziemliche Wellen.

– Es hatte schon heute Morgen weiße Schaumkronen.

Auf dem runden Tisch neben den Fenstern stand noch der Samowar, planlos umgeben von Teegeschirr. Gläser mit Weinresten, daneben aufgehäuft Apfelsinenschalen.

Sanft und zugleich bestimmt zog sie ihn an sich.

– Komm her. Warum sitzt du? Wie seltsam du bist ...

Es ist ihm unangenehm, daß sie ihn so lange auf den Mund küßt. Sie hat feuchte Lippen. Ihr Speichel scheint in seinen Mund zu gelangen. Er paßte den rechten Augenblick ab und rückte ein wenig beiseite. Und sie begriff, denn sie sah ihn fragend und prüfend an.

Sie legten sich nebeneinander und redeten.

– Sag, wen hast du geliebt? Waren es viele? Du hast Erfahrung.

Aber er will nicht darüber sprechen. Es ist so lächerlich und so öde – Liebe mit alten Erinnerungen, Vergleiche zwischen den Akten. Er versucht, mit einem Scherz davonzukommen: Er hätte ihr doch gesagt, daß er niemanden liebt. Doch nun würde er sie lieben. Und wieder bittet er: – Bring es mir bei, zu lieben. Zu lieben und glücklich zu sein.

– Es dir beibringen? Armer Junge. Du denkst zuviel nach, um glücklich sein zu können. Sagst du mir, woran du denkst?

– Woran? Ich weiß nicht. Wahrscheinlich – an mich.

Sie mustert ihn forschend:

– Hast du mir schon nichts mehr zu sagen? Gefalle ich dir schon nicht mehr? Davor und danach, wie?

Er staunte. Sie ist in der Tat sehr klug.

– Davor und danach? Woher kennst du das? Haben wir etwa darüber gesprochen? Ich glaube, Frauen fühlen das anders. Denn es ist doch die größte Tragödie, dieses davor und danach. Hier zeigt sich auf einmal, daß alles – bloß Täuschung war: Der Mensch ist zu etwas gelockt, gezwungen und verführt worden, was er vielleicht gar nicht wollte. Befriedigung wird zu Ernüchterung.

Sie blieb regungslos. Ein für ihn ungemütliches Schweigen. Er fühlte, er hätte ihr das nicht sagen sollen. Er schob sich etwas näher zu ihr.

– Wie spät ist es? – fragte sie plötzlich mit einer unmerklich veränderten und sehr ruhigen Stimme.

– Ich weiß nicht. Zwölf? Was ist denn?

Er beugte sich über sie, um sie wieder zu streicheln. Sie rückte hastig zur Seite.

– Lassen Sie das!

Er wunderte sich:

– Was ist los? ... – Versuchte, ihre Taille zu umarmen.

– Lassen Sie das! – Ihre Stimme klang zornig und gekränkt. – Sie wollten es doch nicht. Sie wurden getäuscht – das haben Sie selbst gesagt.

Er lächelte:

– Doch nicht in dem Sinne. Fang keine Szene an.

– Lassen Sie mich! Es ist lächerlich. Sie hätten sich zumindest beherrschen können. So etwas einer Frau im Bett zu sagen! ...

Er schwieg schuldbewußt. Dann sagte er sehr, sehr leise:

– Verzeih mir, Klawdija, sei nicht böse. Ich wollte dich nicht verletzen. Und hör auf, mich zu siezen, das wirkt gestelzt.

Sie schien ihn nicht zu hören.

– Ihnen Liebe beibringen? Wir sind doch nicht in der Schule! Laß mich! – schrie sie auf, als er wieder versuchte, sie zu berühren. – Ich gefalle Ihnen nicht, das ist nur allzu offensichtlich.

Dann wurde ihre Stimme weicher.

– Du denkst wirklich zuviel über die Liebe nach. Daß du dich überhaupt noch rechtfertigst! Gib mir meine Bluse.

Er erhob sich und brachte ihr die Kleidung, die in einem heillosen Durcheinander auf dem Sessel gelegen hatte. Sie wartete abgewandt. Wie seltsam ihm das alles erschien. Jetzt betrachtete er sie genauer.

Sie zog sich eilig an, schnürte das Korsett, ließ die Bänder rasch aus einer Hand in die andere gleiten. Auch er zog sich an, verlegen, in einer anderen Ecke.

– Ich darf dich doch wenigstens nach Hause bringen?

– Darfst du, wenn du unbedingt willst ... – sagte sie nun schon wieder völlig beruhigt. – Du bist mir vielleicht ein Junge!

Sie begaben sich beide zum Fenster. Rauschendes Meer. Kein Regen. Eine helle Nacht.

– Wir gehen durch den Park ... – beschloß sie. Und dann, sich noch einmal umsehend: – Haben wir nichts vergessen? ... Ich bin dir nicht böse, Gleb. Du bist nur zu offenherzig.

*

Er ist wieder allein in seinem Zimmer. Die Seele voll Sorge und Wehmut. Und morgen geht es zurück.

Wie zuvor erdröhnt und grollt das Meer. Ein Geräusch, das ihn kaum noch freut. Ein aufbrausendes, grimmiges Tier mit grauen Zotteln. Worüber beschwerst du dich, Meer? Er sieht sich im Zimmer um. Es hat sich verändert. Leer die Schränke und der Tisch, am Fenster ein aufgeklappter Koffer. Ungeordnete Stapel auf den Stühlen. Morgen fährt er zurück in die Stadt. Was bleibt ihm von diesen zwei Wochen?

Er denkt nach und erinnert sich. Wundervoll ist das Meer gewesen – in der klaren und strahlenden Frühe, und abends, in der Dämmerung entfacht. Was hat es ihm damals versprochen? Und wer ist die Frau, die mit ihm am Meer gewandelt ist und ihm ihre Liebe so bereitwillig schenkte?

Diese Erinnerung mißfällt ihm. Warum mußte auch alles so dumm und so traurig enden? Sie war ihm doch so verführerisch erschienen, und er wollte sie, wollte sie doch, weiß Gott. Hatte das Meer nun gelogen – oder die Liebe, die immer lügt?

Er erhebt sich und beginnt im Zimmer auf und ab zu gehen. Es ist stickig. Das Gartenfenster sollte aufgemacht werden.

Am Fenster angelangt, blieb er stehen. Dunkle Nacht. Durch die Scheiben nichts zu erkennen. Um besser sehen zu können, preßte er die Stirn gegen den Rahmen. Leise klirrte etwas im Glas. Da traten schon trüb aus der Finsternis schwere Schemen hervor – ein einziges sattes Schwarz. Das sind die Bäume im Garten. Doch über ihnen zeichnete sich noch etwas anderes ab. Was ist das? Und plötzlich verstand er bestürzt – es ist seine eigene Wange und sein Kinn, gespiegelt vom Glas. Die Wange erschien länglich und seltsam. Er sog sie in sich hinein – das ergab eine Delle. Beulte sie mit der Zungenspitze vor – das gebar einen seltsamen Auswuchs. Wie fremdartig ist das alles. Das da – ist er, sein Leib, sein Gesicht. Ihm war danach, sich selbst mit der Hand zu betasten.

Er trat vom Fenster. Erinnerte sich an jenen einzigen Abend, mit Klawdija, im Bett, als er ihren Körper geküßt und sie scherzhaft gefragt hatte: „Bist du das? Und hier? Und hier?“ An ihre wollüstigen Dehnungen unter den Küssen. Ihr gefällt es, Körper zu sein.

Dann fielen ihm ihre Küsse ein. Sie hat feuchte Lippen. Und auf einmal fühlte er einen leichten Ekel aufsteigen. Glaubte, er habe ihren Speichel im Mund. Er spuckte aus in den Garten.

Er wird vom Fieber gepackt. Offenbar ist er einfach krank. Aber warum, warum mußte alles so enden? Warum belügt ihn die Liebe? Vielleicht, weil er eine andere liebt?

Ja, wie früher denkt er an sie. Davon hat ihn das Meer nicht geheilt. Wie früher wird er beherrscht von dem unwiderstehlichen Bild, dem quälenden, lustvollen Traum.

Ihm ist kalt. Er wirft das Fenster zu. Fiebert.

Nimmt Platz im Sessel. Lehnt den Kopf zurück, schließt die Augen. Vor den Augen wandern gelbe und violette Flecken ...

Vielleicht ist es gut, daß sie für ihn weit entfernt ist und unerreichbar? Was wäre, hätte sie sich wie Klawdija ihm ergeben? Was ist überhaupt noch gewiß?

Und wieder ist sie, die Einzige, vor ihm. Feine und schwungvoll gewölbte Brauen, eine gerade und stolze Nase, launisch lächelnde Lippen. Prächtig zerwühlte goldene Strähnen, wie ein sich aufwärts bäumender Helm. Die Wölbung der Brüste – von ekstatischem Ungestüm. Warme, zarte und weiche Arme bis an die Ellen entblößt.

Sie ist hier, sie ist bei ihm. Mehr braucht es nicht. Er ist glücklich, denn sie ist bei ihm.

– Wie warm deine Hände sind ... – sagt er. – Winde sie um meinen Hals. Wo warst du so lange? Mir ist kalt, ich bin krank. Ich habe mich nach dir gesehnt.

Vage vernimmt er ganz in der Nähe das Rauschen des Meeres. Lange noch schaut er in ihre blauen Augen.

DER SEITENPFAD

Es war der Abend nach einem stickigen, staubigen städtischen Julitag. Die Straßen wurden schon sichtlich leerer: denn all jene, die sie tagsüber mit wirrem und rastlosem Treiben gefüllt hatten, beeilten sich nun, die verstaubten Stadtmauern zu verlassen, um wenigstens kurz die purpurne, gelbe Dämmerung zu erblikken – irgendwo dort, vor der goldenen Weite des endlosen Ackers.

Immer seltener wurde die Stille, die sich über die Stadt legte, erschüttert – weder vom plumpen Gepolter eines sperrigen Wagens noch vom deutlichen feinen Getrappel verspäteter Droschken.

Wie müde und wie gequält schienen die dürren Bäumchen zu beiden Seiten des Stadtboulevards zu sein. Ihre schlappen Zweige streckten sich zueinander, als suchten sie Halt oder als müßten sie sich halb flüsternd etwas Wichtiges und Unaufschiebbares sagen. Ob sie sich rasch die frohe Botschaft verkünden wollten, daß der heiße, staubige Tag nun endlich erlischt, daß durch den dämmernden Himmel bereits die ersten Sterne brechen und die Abendfeuchtigkeit naht?

Ich war müde und atmete froh mit den Bäumen zusammen die frischer werdende Luft. Ich wollte nicht gehen. Nicht zurück in das Zimmer, das ich so lange bewohnt hatte, daß es fast schien, in meinem Leben könnte gar nichts Neues und Überraschendes mehr entstehen, sollte ich dieses Zimmer nicht verlassen. Sich ins Gras fallenlassen, das Gesicht und die Brust darin vergraben und liegenbleiben, bis die Erde den Leib mit neuen Kräften gestärkt hat! ...

Ich erinnere mich ganz deutlich: In diesem Augenblick bemerkte ich plötzlich links einen schmalen Seitenpfad, der dunkel und schattig erschien. Die Bäume, die ihn umrahmten, wirkten dichter, üppiger, frischer als jene gebeugten Bäumchen auf dem Hauptstreifen des Boulevards. Eine Sekunde lang zögerte ich, unschlüssig stehengeblieben: Ich war müde, mich schmerzte das Weitergehen. Aber dann bog ich doch langsam und träge in den Seitenpfad ein.

Er war nicht so schattig, wie zunächst vermutet, und die Bäume an seinen Rändern erwiesen sich als genauso kläglich und müde wie alle anderen Bäume, die ich an diesem Abend gesehen hatte.

Mir entgegen schritt, irgendwie ungerade und nach vorne geneigt, eine Frau. Sie trug Schwarz und war offenbar in Eile.

Ich weiß noch, wie mein Herz beim Näherkommen aufgeregt zu schlagen begann, und je mehr ich auf sie zuging, desto stärker und stärker schlug es.

Bei ihr angelangt, sah ich ihr gezielt ins Gesicht. Sie war sehr bleich und hatte große schwarze, verträumte und ein wenig leblose Augen. Sie wandte ihren Blick nicht ab, und als ich vorbeigegangen war und mich noch einmal nach ihr umdrehte, drehte sie sich just im selben Moment ebenfalls um, und wir fühlten, wie unsere Blicke sich trafen. Mein Herz pochte wie wild, sofort machte ich kehrt und folgte ihr.

Haben Sie schon einmal darüber nachgedacht, was in einem gesamten Menschenleben ein schmaler Seitenpfad bedeuten kann, der sich ebensogut verpassen oder zwei Minuten später betreten ließe?

DER MYSTISCHE INTIMIST

Zu Leben und Werk Viktor Hofmanns

Zwischen bekannten und unbekannten Dichtern existiert gleichsam eine dritte Kategorie: Personen wie Geister – vergessen, doch nicht zu vertreiben. Sie spuken noch immer durch die Geschichte, werden Legenden. Zu solchen Gestalten zählt Viktor Hofmann. Auch wenn er bis heute in Rußland ein literarisches Schattendasein fristet, ist er auf bemerkenswerte Weise präsent. Und auf einmal wird deutlich, daß diese leise Stimme, eben weil sie so leise ist, unüberhörbar hervortritt und für Widerhall sorgt. Für das nicht erlahmende Interesse an seinem Werk spricht auch die vor kurzem (2007) in St. Petersburg neuverlegte Gesamtausgabe.

In noch einer Hinsicht ist Hofmann ein aufsehenerregender Sonderfall: Als Sohn eines österreichischen Vaters und einer halbdeutschen Mutter sprach er seit frühester Kindheit zu Hause Deutsch. Zu seiner Jugendlektüre gehörten Goethe, Heine, Chamisso, Lenau, Uhland und andere, vor allem romantische Dichter, so daß sich seine eigene, russische Lyrik „unter dem Einfluß der deutschen fügte", wie Walerij Brjussow, ein Freund und Kollege Hofmanns, feststellt. Damit wird Hofmann ein Autor, dessen Schaffen aus einer Verschmelzung zweier Kulturen entsteht – mit allen Merkwürdigkeiten, die daraus resultieren.

Viktor Balthasar Emil Viktorowitsch Hofmann wurde am 14. Mai 1884 in Moskau geboren. Der Vater war Möbelfabrikant und Dekorateur und die Familie sehr wohlhabend und kulturbeflissen. Hofmanns Schwester Lydia erinnert sich: „Sowohl von väterlicher als auch von mütterlicher Seite her zeichneten sich viele Familienmitglieder durch künstlerische Neigungen aus. Von väterlicher Seite her zeigte sich dies im Talent zur Malerei und Architektur, und ein Onkel von V. V. war sogar ein berühmter Hofarchitekt, zunächst bei Maximilian, dem Kaiser von Mexiko, danach beim bayerischen König Ludwig II. Von mütterlicher Seite her drückte sich dies in musikalischen Fähigkeiten aus, denn sowohl die Großmutter wie auch die Mutter von V. V. konnten hervorragend singen." Die gesamte Kindheit Hofmanns verlief in äußerster Sorglosigkeit und Harmonie. Er besuchte ein Gymnasium, wo er sich bereits mit lyrischen Arbeiten hervortat. In derselben Schule lernte zufälligerweise auch Wladislaw Chodassewitsch, ein bedeutender russischer Dichter, und die beiden Jungen unterhielten sich oft ausgiebig über Poesie.

Schon während der Schulzeit gelang es Hofmann, Kontakte zu renommierten Vertretern der Moskauer Moderne zu knüpfen. Auffallend waren dabei die ruhige Sicherheit und das Selbstbewußtsein, mit welchen er bereits als Neuling auftrat. Er wurde mit Walerij Brjussow und Konstantin Balmont, zwei Exponenten des Symbolismus, bekannt, war später sogar mit ihnen befreundet und veröffentlichte seine Gedichte in verschiedenen Almanachen der Décadence bei Verlagen wie *Skorpion* oder *Greif*. 1905 (auf dem Titelblatt steht das Jahr 1904) erschien schließlich sein erster eigener Versband „Buch der Anfänge" (*Kniga vstuplenij*), der im allgemeinen recht positiv besprochen wurde.

Nikolaj Gumiljow, ein feinfühliger Kenner, vermerkt es als schier unglaublich, daß der Dichter bereits mit seinem ersten Band nach vorne gerückt sei und die Welt zwinge, ihn als eine unanzweifelbare Größe ernstzunehmen: „Ein freier, gesanglicher Vers, glühende Bewunderung der Schönheiten des Lebens und des Traums, Kühnheit der Kunstgriffe und die prachtvolle Vielfalt der Bilder, die von ihm zuerst festgehalten worden und später in die Poesie eingegangen sind – das sind die Kennzeichen dieses Buchs.“ Als Mangel nannten einzelne Rezensenten die Nähe zu Brjussow und Balmont – ein Einwand, der sich aus heutiger Sicht kaum aufrechterhalten läßt und bestenfalls über die Ähnlichkeiten in der Themenwahl und der Klangpalette zu erklären ist: Es ist in der Tat Brjussow, der in seinen Gedichten die Dämonie der Großstadt heraufbeschwört, und Balmont, der die Verse ekstatisch zum Tönen bringt. Aber die Sprache Brjussows ist spröde und trocken, der Singsang Balmonts exaltiert und oft seicht. Hofmanns Lyrik wirkt insgesamt erlesener und subtiler, und ihre Stoffe scheinen nicht bloß literarische Klischees, sondern durchlebt zu sein. Bereits hier lassen sich unruhig pulsierende Herzschläge heraushören:

Über die Dächer kommt geschlichen
ein Rauch von Bläue und Gefahr.
In langen Reihn aus hellen Strichen
pulsiert und lebt der Boulevard.

Es klaffen weiße Häuserrisse:
Pupillen, die der Tod zerfraß.
Es fällt die finstere Kulisse,
und voller Unruh flammt das Gas ...

oder:

Ich bin fort, der so müde erschienen,
du bist fort, die so silbern und vage.
In dem Chaos der schwarzen Ruinen
sind wir Schatten verflossener Tage.

Und die Menschen? Sie hausen auf Klippen,
wo sie gierigen Aasgeiern gleichen.
In den rauchenden Häusergerippen
nur noch Reste verwüsteter Leichen.

Nur noch Stöße satanischer Winde,
ungeheuere, rufende, rasche.
Nur noch schimmernde, eisige Rinde
und verpestete, ätzende Asche ...

Anders als zum Beispiel bei Brjussow, der alles Düstere genießt und auskostet, ertönt in Hofmanns Gedichten fast immer der Schrei nach Befreiung, wird eine Sehnsucht nach der reinen, noch nicht urbanisierten Natur spürbar – die Klage eines Harmoniesüchtigen, der auf brutale Art mit allen Widerwärtigkeiten der modernen Welt konfrontiert worden ist. „Das Häßliche", schreibt Brjussow, „war Hofmann organisch fremd. ... Im Leben, in der Welt existiert aber vieles, was weder schön noch anmutig ist und was er instinktiv mied."

Nach der Schule begann Hofmann ein Jurastudium, besuchte aber meistens Vorlesungen zu Philosophie und Sprachwissenschaft. In dieser Zeit brach er mit dem wohlbehüteten Familiendasein: Von nun an wohnte er zur Miete und verdiente sich den Lebensunterhalt als Publizist und Hauslehrer. In seinen Rezensionen und Glossen beschäftigte er sich insbesondere mit Fragen der Politik und der Ästhetik. Unter anderem nutzte er die nun entstehenden Essays, um seinen eigenen literarischen Stil zu formulieren und zu begründen – den sogenannten Mystischen Intimismus. Doch bald sollte ihm diese Arbeit verhaßt werden. Er verlor gänzlich das Interesse an kunsttheoretischen und poetologischen Auseinandersetzungen, während die anfängliche Begeisterung für politische Themen dem subjektivistisch-anarchischen Lebensgefühl eines Max Stirner wich. Aber selbst nach dem Studium vermochte er es nicht, sich vom Broterwerb zu lösen, und schrieb weiterhin für Zeitungen. Als neues Gebiet erschloß er sich die Übersetzung und übertrug Dramen von Friedrich Hebbel sowie Novellen von Guy de Maupassant und Heinrich Mann.

1909 siedelte Hofmann nach St. Petersburg über und fand eine Anstellung als Sekretär und später als Redakteur beim „Neuen Journal für alle". In diesem Jahr erschien sein zweiter Gedichtband „Die Probe" (*Iskus*), der von der Kritik mit einhelliger Begeisterung aufgenommen wurde. Es hieß, die Schwächen und Fehlgriffe des ersten Buches seien nun vollkommen behoben, die

Manierismen reduziert und die eigene Stimme hörbar geworden, weshalb der Dichter von da an als gestandener Meister galt. Tatsächlich wirken die Gedichte des Bandes geerdeter und realistischer, gleichzeitig aber auch heiterer und idyllischer als die früheren. Damit war für Hofmann auch der Symbolismus als Methode überwunden. Doch hatte sich im Verfasser inzwischen ein Wandel vollzogen: Seinen Freunden gegenüber beteuerte er seit jener Zeit, er werde kein einziges Gedicht mehr schreiben, sondern nur noch als „Belletrist", das heißt als Prosaiker arbeiten, und wie sich herausstellen sollte, hielt er Wort.

Auch vorher hatte er bereits mit Prosa experimentiert und einzelne Erzählungen und „Märchen" verfaßt, die sogar als Buch angekündigt waren, aber nie erschienen sind. 1906 bemerkt er in einem Brief an Brjussow: „Ich schreibe ein Buch in Prosa, ein Buch mit phantastischen Märchen aus dem alltäglichen Leben." Manche Texte wurden in Zeitschriften veröffentlicht, so im Jahr 1910 „Ich fahre weg", „Im silbernen Kranz", „Untreu" und „In den Bergen". Die ganze Zeit über arbeitete Hofmann auch an einem größeren Werk, einer Romantrilogie, die vom Konflikt zwischen seelischer und körperlicher Liebe handelte. Doch offenbar wurde das Manuskript von ihm später vernichtet, aus dessen Umfeld nur die Erzählung „Das Meer hat gelogen" übrigblieb.

In Petersburg fand Hofmann nicht nur Arbeit, sondern auch Freunde. Er beteiligte sich rege an der dortigen Literaturszene und besuchte verschiedene exklusive Salons. Wladimir Pjast weiß in seinen Memoiren davon zu berichten, daß er im Jahr 1909 im berühmten „Turm“ von Wjatscheslaw Iwanow (einem wöchentlichen Literatentreff) Hofmann in Begleitung von Ossip Mandelstam sah. Der Futurist David Burljuk erwähnt eine Freundschaft zwischen Hofmann und dem jungen Majakowski, der ihn in seinen allerersten, leider nicht mehr erhaltenen Gedichten nachgeahmt haben soll. Außerdem zog der stets verliebte Dichter zum ersten Mal mit einer Frau zusammen – mit der Schriftstellerin Anna Jakowlewna Lewschina, die unter dem Pseudonym Anna Mar veröffentlichte. Doch sollte diese einzige „ernste“ Beziehung seines Lebens schon bald in die Brüche gehen. Obwohl Hofmanns Briefe immer wieder zahlreiche Damenbekanntschaften erwähnen, ja, ein regelrechtes weibliches Kaffeekränzchen, das sich bei ihm versammelte, um über „erlesene Themen“ zu sprechen, führten die hier entstandenen Kontakte kaum über flüchtige Flirts hinaus. Offenbar hatte sich Hofmann in der Stadt geirrt und konnte in Petersburg nicht das finden, wonach er suchte.

Immer mehr wurde er in dieser Zeit von einer wachsenden Neurasthenie geplagt, verbunden mit zunehmender Erschöpfung und literarischer Unfruchtbarkeit. Immer mehr störte ihn die redaktionelle Arbeit bei der Ausübung seiner eigenen Kunst. Er dachte daran wegzufahren – nach London oder Paris. Schließlich unternahm er im Sommer 1911 eine ausgedehnte Reise über Schweden und Norwegen nach Paris, wo sein Leben ein tragisches und frühes Ende finden sollte.

In Paris häuften sich die Anfälle der Neurasthenie. Hofmanns Sinne waren bis zum Äußersten gereizt und geschärft. Er versuchte, Sport zu treiben, um seinen Zustand zu verbessern. Neben Gymnastik gehörten dazu auch Schießübungen. Bei einer solchen schoß er sich versehentlich in den Finger. Nach Auskunft der Ärzte war die Wunde zwar ungefährlich, doch löste sie im Gemüt des Dichters einen Schock aus, der zu heftigen Panikattacken führte. Er fürchtete sich vor den französischen Ärzten und wollte sich nicht behandeln lassen, weshalb sein Fieber nur noch zunahm.

Im Café *Closerie des Lilas* lernte Hofmann die Lyrikerin Anna Achmatowa kennen. Doch an jenem Abend saß er mit den anderen als Dreizehnter am Tisch, was in ihm schlimme Ahnungen erweckte und die Angstgefühle steigerte. Das letzte schicksalhafte Ereignis beschreibt er selbst in einem Brief an Antonina Kirenskaja: „In unserem Hotel ist vor kurzem eine junge Dame verrückt geworden: Sie singt und deklamiert mit Blumen in der Hand vor dem offenen Fenster – ganz wie Ophelia. Natürlich ist sie aus dem Ausland, eine Rumänin: Französinnen werden nie verrückt." Die Dame wurde schließlich von der Polizei abgeholt, was auf Hofmann einen starken Eindruck machte.

Am Morgen des 13. August 1911 sagte er zum Hotelwirt: „Rufen Sie die Polizei, ich bin verrückt geworden!" Doch schließlich beruhigte er sich und schloß sich im Zimmer ein, um Briefe zu schreiben. Einige Stunden später erschoß er sich. Ein nicht abgeschickter Brief an seine Mutter lautet:

Liebe Mama,

ich bin verrückt geworden. Bin schon ein vollkommener Idiot. Ich möchte Dich nur ungern traurig machen, aber mit mir ist es nun ganz vorbei. ... Helfen kannst Du nicht. Ich erinnere mich an nichts mehr.

Viktor

Ich fühle mich jetzt schlimmer als ein zum Tode Verurteilter.

Der erst Siebenundzwanzigjährige wurde in Paris auf dem *Cimetière de Bagneux* bestattet.

Die Nachricht von Hofmanns Tod verbreitete sich in Windeseile und sorgte in der russischen Literaturwelt für allgemeine Trauer. Das frühe und gleichsam sinnlose Ende des als großes Talent eingeschätzten Dichters schien vielen Kollegen ein tragischer Verlust zu sein.

Dieser Selbstmord sollte zum ersten bedeutenden Suizid des so selbstzerstörerischen „Silbernen Zeitalters" werden und diente als Exempel und Vorlage für andere Poeten, wie Nadeschda Lwowa, Wsewolod Knjasew, Iwan Ignatjew, Boschidar, Muni, Alexej Losina-Losinski, Sergej Jessenin, Wladimir Majakowski und Boris Poplawski. In diesem Sinne wurde er schon bald zu einer Legende stilisiert und literarisch verarbeitet. Es existieren Nachrufe aus der Feder von Nikolaj Gumiljow, Walerij Brjussow und Wladislaw Chodassewitsch.

Der Ego-Futurist Igor Sewerjanin widmete seinem Andenken ein Gedicht, wo er ihn „ein Kind, das erwachsen und krank ist" nennt. Im selben Gedicht heißt es:

Zu wenig Kraft, zu wenig Feuer,
doch nur aus diesem Grund gefiel
und war dem Herzen lieb und teuer
sein Vers, so zierlich und fragil.

Arsenij Nesmelow, ein wichtiger Lyriker des russischen Exils, schreibt Anfang der zwanziger Jahre „eine Skizze zum Poem" mit dem Titel „Der Tod Hofmanns", wo er sagt, der Dichter habe „aus der Realität heraus einen Sprung ins irreal Mythische" gemacht. Und natürlich ist Hofmann, als einer unter vielen, Teil jener großangelegten selbstmörderischen Allegorie, die Anna Achmatowa in ihrem Lebenswerk „Poem ohne Held" unter dem Namen „Pierrot" schuf.

Das literarische Œuvre Hofmanns ist nicht sehr umfangreich. Es enthält neben einigen Jugendversen die beiden Gedichtbände und eine Anzahl von Prosastükken, die er selbst noch zu Lebzeiten zusammengestellt und für eine Publikation vorbereitet hat. Der Arbeitstitel war „Die Liebe zu einer Entfernten" (*Ljubov' k dalekoj*). Neben längeren Erzählungen enthielt die Sammlung auch kleine Texte, die sich „Miniaturen" und manchmal „Etüden" nennen.

In der vorliegenden Ausgabe wird das gesamte erhaltene Prosawerk Hofmanns zum ersten Mal dem deutschsprachigen Publikum vorgestellt. Der besondere Akzent der Übersetzung liegt auf dem Versuch, die eigenwillige Sprache des Dichters wiederzugeben, eine Sprache, die voller Tücken ist: Der ausufernde Tonfall, die zahllosen Adjektivketten und refrainartigen Wortwiederholungen, der von Inversionen und Ellipsen stets durchkreuzte Satzbau, die unerwarteten Tempuswechsel und die oft emphatisch geäußerten Gefühle können beim ersten Lesen bizarr wirken und sogar stilistische Schwächen vermuten lassen. Doch handelt es sich hierbei durchweg um bewußte Entscheidungen und wohlkalkulierte Kunstgriffe. Gerade die Miniaturen sollten weniger als Skizzen oder Fragmente, vielmehr als Gedichte in Prosa angesehen werden. Und all die erwähnten rhetorischen Mittel sind typische Elemente des poetischen Stils Hofmanns.

Etwas anderes kommt noch hinzu: Viele Satzkonstruktionen erwecken im Russischen den Eindruck, hier schreibe ein Ausländer. Angesichts der österreichisch-deutschen Abstammung des Dichters ist dieser Eindruck auch nicht ganz von der Hand zu weisen. Doch widersprechen ihm ganz eindeutig andere Texte Hofmanns – seine Gedichte, seine Briefe, die allesamt in einem einwandfreien und eleganten Russisch verfaßt sind. Das aber führt zur Schlußfolgerung, daß Hofmann in seiner Prosa tatsächlich um eine neue, eigene Sprache ringt, eine Kunstsprache, die ihm tiefere Einblicke sowohl in die Psyche des Menschen als auch in die Hintergründe der Ereignisse gewähren sollte.

Nicht umsonst bezeichnet Hofmann seine Richtung mit dem Begriff „Mystischer Intimismus“: „Intimismus“

meint eine besondere Nähe und ist sinnlich, bisweilen sogar sexuell konnotiert, während „Mystik“ eine Öffnung ins Metaphysische und Ferne impliziert. So ist bereits hier die Spannweite der Hofmannschen Themenpalette angelegt: der Bruch zwischen dem Körper und dem Geist, zwischen dem Objekt und dem Subjekt. Es ist nur folgerichtig, daß sich dieser Bruch bis in die Sprache hinein vollzieht. Und die Suche nach der dem Gegenstand angemessenen Redeweise zeigt sich hier in einer charakteristischen Vagheit (die „Lieblingswörter“ sind „seltsam“ und „irgendwie“), die alles in ein besonderes Licht taucht, ohne zu fokussieren. Dieses an sich impressionistische Verfahren mutet um so origineller an, je mehr der Gegenstand selbst vollkommen real, ja, dem normalen Alltag entnommen ist.

So wird Realität letztendlich als Abstrusität dargestellt. Und die Wahrnehmung entpuppt sich als permanente Entstellung. Hat Hofmann die Wahl zwischen gefälligeren oder merkwürdigeren Ausdrücken, entscheidet er sich stets für die ungewöhnliche, oft sogar unlogische Variante. Das führt zwangsläufig zu einer Verzerrung der Proportionen, die Bilder beginnen zu wuchern und monströse Umrisse anzunehmen. – Eine Technik, die an die Malerei Egon Schieles erinnert, wo das Dekorative und Ansprechende Gustav Klimts ins Geknickte und Schräge kippt. An manch einer Stelle drohen die Texte denn auch mit Haut und Haar in den Kitsch zu verfallen, werden jedoch – und oft genug mit Hilfe eines einzigen Wortes, das aufhorchen läßt und scheinbar „nicht hineinpaßt“ – davor bewahrt. Und möglicherweise liegt gerade in diesem Spiel – auf der hauchdünnen Linie zwischen Pathos und Ironie, Wahnsinn und Rationalität, Nietzsche und Darwin – die Modernität Hofmanns.

Alexander Nitzberg

ALEXANDER NITZBERG, 1969 in Moskau geboren, ist als Übersetzer einer der wichtigsten Vermittler russischer Dichtung geworden und auch als Lyriker, Rezitator und Essayist bekannt. Die hier im Nachwort zitierten Gedichte Viktor Hofmanns erschienen zuerst in der Sammlung: Alexander Nitzberg, Selbstmörder-Zirkus – Russische Gedichte der Moderne, Leipzig 2003.

Der Einband dieses Buches wurde unter Verwendung einer Arbeit von RUTH HABERMEHL gestaltet. Die 1969 im pfälzischen Landau geborene Künstlerin studierte an der Akademie für Bildende Künste in Mainz und wurde vor allem durch ihre Collagen und Cut Outs bekannt. Sie lebte zeitweilig in Guatemala, erhielt zahlreiche Ehrungen und lebt und arbeitet heute in Leipzig.

www.ruth-habermehl.de

Klamm, rot, 2007, C-Print auf Alu-Dibond, 55 × 38 cm

Die Reihe LILIENFELDIANA
richtet ihr Augenmerk vor allem auf die Kunst der kürzeren Form:
Kurzromane, Novellen, Erzählungen, Skizzen, die es verdient haben,
besonders hervorgehoben zu werden.

Bereits erschienen:
Band 1: Knud Hjortø, Staub und Sterne, Roman
Band 2: Hjalmar Hjorth Boyesen, Selbstbestimmung, Roman
Band 3: Herbert Schlüter, Nach fünf Jahren, Roman
Band 4: Felicia Zeller, Einsam lehnen am Bekannten, Kurze Prosa

*Diese Übersetzung ist Wolfgang Reinke
in Freundschaft gewidmet.*

1. Auflage 2009

Gestaltung & Satz: www.jan-frerichs.com
Einbandgestaltung unter Verwendung
einer Arbeit von Ruth Habermehl,

Druck und Bindung: freiburger graphische betriebe
Printed in Germany
ISBN 978-3-940357-10-6

www.lilienfeld-verlag.de